大根畑から

辻田 新
Arata Tuzita

元就出版社

大根畑から——目次

大根畑から

ただの兵隊

「ただの兵隊」とは、すなわち私のことである。

昔、兵隊の値段は一銭五厘だと言われたことがあった。古参兵や上官が主に新兵にそう言って苛《いじ》めたというのである。その時代、郵便はがきの値段が一銭五厘だった。つまり、はがき一枚でおまえたちの替わりは来る、というわけである。

実際には、召集令状とか入隊通知ははがきでくるものではなく、役場の兵事係が届けに来るものだし、その他にも様々な経費が兵隊一人々々にかかるから、一銭五厘などという安いものではない。これはあくまでも戯《ざ》れ言である。私も兵隊だったが、一度もそんな言われ方をしたことはなかった。

表題の「ただの兵隊」というのは右のような、一銭五厘のただ同然の兵隊という意味ではない。「ただ」という言葉にもいろいろな意味があって、広辞苑を覗《のぞ》いたら、こんな風に書いてあった。
①なんともないこと。取りたてて言うこともないさま。
②なんの意味もないさま。むなしいさま。
③特別な人、事、物でないこと。ふつう。なみ。
④代金のいらないこと。無料。ロハ。只。
一銭五厘云々《うんぬん》は④の意味であろう。しかし、表題の「ただ」は③の特別な人、事、物でないこと。ふつう。なみ。というのに近い。その下へ――に過ぎなかった、という言葉をつけ加えると、私の意図するところが判《わか》ってもらえるのではないかと思う。

「ただの兵隊」に過ぎなかった、ということが私の兵隊人生であり、戦争体験であり、言い訳であり、怠惰《たいだ》の告白であり、謝罪であり、これらすべての報告である。そこで、
②なんの意味もないさま。むなしいさま。
①なんともないこと。取りたてて言うこともないさま。
という意味も含まれていることが判ってもらえると思う。要するにただの兵隊なのであって、くどくど言ったのは蛇足であったか。

敗戦後、戦争に関する本がたくさん出た。金も暇もなかったから、読んだ本は少ない。一番最初に読んだのは吉田満氏の『戦艦大和の最後』だった。氏は学徒出身の士官として

大和に乗り組み、世界最大の戦艦の死闘を体験し、その最後を見届けた証言者である。その詳細を感動のまま一気に書き綴っている。それが読む人の心を動かす一級の戦記となった。

残念ながら、私は右のような名誉ある激しい戦闘に参加したことがない。

二次に読んだのは『坂井三郎空戦記録』だった。著者坂井氏は零戦のパイロットとして二百回余の空戦に参加し、大小六十四の敵機を撃墜したという。私は少年航空兵に憧れて兵隊志願したくらいであるから、本気でこの本を読んだ。この本は後に『大空のサムライ』と改題され、百数十回の増刷を繰り返して、現在も売れ続けているということである。零戦を有名にするのに、この本は一役も二役も買っている。

この本を読むと痛快な気分になると同時に、空中戦というのは実に苛酷な闘いであることが判る。それを生き抜いた著者の鋭い眼光と、満身に闘志を漲《みなぎ》らせた姿が紙背《しはい》に窺《うかが》えるのである。

私は敵に向かって鉄砲を撃ったこともなかった。鉄砲を撃ったのは、教育隊のとき実弾射撃の訓練で、的に向かって五発撃っただけである。

大岡昇平氏の『俘虜記』と『野火』を読んだ。すでに仏文学者としても名を知られていた氏は二十五歳で補充兵として召集を受け、フィリッピンの戦場へ送られ、半年余りで捕虜になった。その悲惨な運命を小説化したもので、氏の文才によって、戦後文学の代表作となった。

これは私にとって考えさせられる本だった。たとえ同じ境遇だったとしても、私にはこんな立派な本は書けない。学問のない「ただの兵隊」はこんな複雑なものの考え方をしない。単純である。純文学というのは私は苦手である。

大岡昇平氏は、さらに『レイテ戦記』という大作も完成させている。これには年月をかけて調査し、国内の資料はもとより、外国の文献まで調べ上げなければならない。私には想像もつかないほど難しい仕事だ。

以上の三氏の本を読んだだけでも、同じ戦争に行ったはずなのに、自分はなにをしていたんだろうと考えさせられる。無駄な官費旅行をしていたんじゃないかと後ろめたい。——しかし私ばかりでなく、同じ境遇だった戦友もたくさんいるのだから、もともと戦争とはそんな不公平なものなのであろう。

昔、ある人に「おまえは戦争に行ったんだから、戦争のことを書いて本にしたらどうだ」と言われてびっくりしたことがあった。その人は本を出せば儲《もう》かるものだと思っていたらしい。無知もはなはだしい。私にそんな大変な仕事ができるわけがない。する気もない。私は半分笑って半分腹を立てて聞き流した。

しかるに戦争が終わって六十年近く経った現在、私は戦争の経験を書いて置こうと思うようになった。書いてどうしようと決めたわけではないが、ともかく書いておこうという気になったた。なぜそんな心境になったかというと、それは自分は間もなく死ぬ、という予感がしてきたからである。

「明治は遠くなりにけり」という言葉が流行《はや》ったことがあった。すでに明治は霞の奥に去って、いまや大正が遠くなりつつある。あと十数年もすれば大正生まれの人間は日本にいなくなってしまうであろう。私もその中の一人である。

「戦争の経験を書くと力んでいるが、おまえはどんな経験をしたというのだ。なにもしなかった、なにも知らないただの兵隊に書くことはあるまい。残り少ない人生なら他にすることがあるのではないか」という声が私にとっては一番痛い。しかし、もし本当に死の間際になって、「あ、書いておけばよかった」という思いがしたらどうだろう。その時はもう遅い。心に蟠《わだかま》りを抱いて死んだら、成仏《じょうぶつ》できないかも知れない。

改めて考えたら、戦争とは巨大な化け物みたいなもので、その全体を知ることは、盲人が象をなでるより不可能なことではないか、と気がついた。誰だってその一部分しか知らないのだ。と思うことにしたら気が楽になった。巻末にたくさんの参考文献を並べた本を見るとあたかも真実のように見えるが、それは眩惑《げんわく》である。

私は正直に、自分がしたこと、見たこと、聞いたことを思い出して、それだけを綴ることにしよう。私は巨象の体を這《は》った一匹の蟻に過ぎないから、戦争についての生意気な解釈や批判はできない。

そんなことを考えるだけで、愚図々々していたら、なんでもない畳の縁に躓《つまず》いて転んで怪我をした。幸い骨折はまぬがれたが、「もし骨折したら寝たきりになるぞ」と医者に脅《おど》かされた。体力の衰えはどうしようもないことを悟った。

こういう事情があって、何年ぶりかで机に向かうことになったのだが、六十年も昔の話で、大方のことは忘れてしまった。これは困ったことだが、本当のボケがこないうちに覚えているだけでも書き留めておこう。今日覚えていることでも明日になったら忘れているかも知れない。机の埃《ほこり》を払って、背を真っ直ぐにして、「前へ進メ！」と号令をかけてみたら、若かったときの兵隊姿が浮かんできた。

「ただの兵隊」ただいまより行進を開始します。

大根畑

大根は大根畑に育つ。「ただの兵隊」もまた相応《ふさわ》しい環境に生まれる。まずはその生い立ちから。

大正十三年五月の生まれだから、その前年にあった関東大震災は知らない。しかし話題の乏しい田舎で、いろいろと聞かされながら育ったから、あたかも遭遇したかのような知識がある。東京から百キロ離れた千葉の農村だったのに、誰も経験したことのないひどい揺れだった。

祖母の話。――まさとツネに昼飯を食わせていたら、いきなりドカン、グラグラと大きな地震がきたので、咄嗟《とっさ》に二人を両脇に抱えて裸足《はだし》でとびだし、庭の真ん中に固まって震えていた。……(まさは五歳、ツネは一歳で私の姉である)。農家だから貧乏でも庭はあるし、茅《かや》屋根だから瓦が落ちてくるという危険もない。しかし、あんな恐ろしいことはなかった。

——と祖母にはよく聞かされた。

夜は庭の隅の椎の樹の下に蚊帳《かや》を吊って寝た。朝になって見たら、蚊帳の上に東京から飛んできた灰が積もっていた。燃えた札《さつ》もあった。朝鮮人が暴動を起こしたという噂もあった……。

私の家はその地震で横に傾いてしまった。修復する資力がないので、電信柱ほどの丸太で突っ支《か》い棒をしてあった。私は子供の頃、四つん這いでその柱に乗って遊んだ。私が小学校四年生か五年生の夏休みに仕事師と大工が来て、やっとその突っ支い棒を取り除くことができた。

「長押《なげし》をつけて天井を張ったら、家がしっかりした」と父は満足げだった。「これで矩《かね》の手に廊下を回して上手水場《かみちょうずば》を造れば出来上がりだ」と父は語ったが、その望みを達せずに死んだ。

父はよく子供たちが全員揃う食事どきに、親孝行ということについて話をした。

「よそでは子供を学校にやらず、奉公にだして、給金は親が持って帰ってしまう。そういう家がある。それでも子供は辛抱して、貰《もら》った小遣いを貯《た》めて親に送っている。それが本当の親孝行というものだ」——付け加えて、「家では立派に学校へ通わせている」

私たちは俯《うつむ》いて、父の言葉をおかずのようにして飯を食った。そういうものだと思って育った。反抗する子供はいなかった。

私は母が生んだ五番目の子で、十二歳年上の兄と、その下に三人の姉がいた。もっとも一番上の姉は私の生まれる七年前に死んでいるので、私は知らない。私の下にはさらに三人の妹が生まれたが、下の妹は生まれて間もなく死んだ。私は小学生だったので、そのことはよく知っている。小さな妹の屍《しかばね》はそうめんの空箱に入れられて、父が独りで抱えて埋葬に行った。葬式もなかった。そんなわけで、生き残って成人したのは六人である。

私が生まれたとき、祖母は五十九歳で、その頃は母は田圃《たんぼ》仕事に、祖母は家にあって孫の面倒と雑事をするように、役目分担ができていたのかもしれない。私の幼い記憶の一番初めに出てくるのは祖母である。震災の話にしても、色々な昔話に類することも、すべて祖母から聞いた話である。ここで昔話の一つ二つを披露《ひろう》したいところだが、主題から逸《そ》れるので止める。

昭和六年、私は小学校に入学した。初めての登校日の朝、子供たちが集まる場所で、祖母が年上の子供一人々々に、半紙に包んだ飴玉《あめだま》を渡しながら、「連れてってくれな。連れてってくれな」と頼んでいたのを覚えている。

入学前、私は百まで勘定ができなかった。同級生もだいたい同じようなものではなかったか。毎日々々、先生が黒板に掛けた大きなそろばんの玉を動かすのに合わせて、声を揃えて勘定したので、間もなくできるようになった。

私たちの習った国語読本は白黒で、字は片仮名だった。——ハナ、ハト、マメ、マス、ミノ、カサ、カラカサ……だった。もうこの教科書で習った人はわずかになっただろう。二年後に上の妹が入学したときから、――サイタ、サイタ、サクラガサイタ……になった。読本も色つきになった。その後も何度か変わったらしいが、見たこともない。

学校では雨天の日以外は毎朝、全生徒が校庭に並んで朝礼が行われた。当番の先生が壇上に上がって訓話をし、それが終わるとオルガンに合わせて、

♪小さき砂の一粒も　つもれば富士の山となる
　われらもたゆまず務めなば　ついには登らんあの山に　あの峰に

と大きな声で歌いながら、各教室に向かって行進するのだった。

入学した年に満州事変が起こった。翌年、上海事変に発展した。冬の寒い朝、特別に壇上に上がった校長先生が熱の籠《こ》もった話を長々とした。それは爆弾三勇士の話だった。敵の鉄条網を破壊するために、三人の兵士が爆弾を背負って自爆したというのである。

「――爆弾を背負って！」と、校長先生は何度もランドセルを背負うような恰好《かっこう》をした。

このニュースには日本中が興奮した。与謝野寛が作詩した「爆弾三勇士の歌」が流行《はや》った。この歌はいまでも十番まで全部覚えている。それで場所は廟行鎮という所で、二月の二十二日の午前五時で、三勇士とは江下、北川、作江という兵隊だったということも知っている。爆薬の入った破壊筒というものを三人で抱えていったとあり、校長先生がランドセルを背負う恰好をしたのは間違いだった。その頃は情報の伝わるのが遅かった。噂が混

じることもあった。ラジオのある家もほとんどなかったし、私の家では新聞も取っていなかった。

敗戦に終わった大東亜戦争では特攻隊というものが生まれて、多くの人たちが進んで死んだ。風に吹かれると頰っぺたが赤くなるような少年まで死んだ。そのほかにも体当たりとか自爆とか、同じようなことが当たり前のようにあって、爆弾三勇士の影は薄くなってしまった。しかし小学校一年生の冬の朝、震えながら聞いた話は、そのときの校長先生の顔を思い出せるほどよく覚えている。

昭和九年、小学校を卒業した下の姉が、奉公に出て行くのを見送った。上の姉はすでに奉公に出ていた。下の姉は体が小さかった。二つ年下の私より小さかった。その姉が行李《こうり》を担《かつ》いだ父に連れられて角を曲がって行くのを見ていた。自分もやがてそうなるのだと思った。

昭和十二年に小学校を卒業した。当然姉たちのように奉公に出るものと思っていたが、時代が少しずつ変わってきていたのだろうか、「男は学問が必要だから」という父の言葉で高等科に進むことになった。村内に三年制の県立農学校があり、そこへ入る者もいた。町にある五年制の県立中学校（旧制中学、今の高校）に進んだ者は三人しかいなかった。校長先生の息子と、大地主の息子と、もう一人は金持ちの伯父さんが学資を出すから是非、と勧められたという事情の男だった。女子の組で女学校へ入ったのはたった一人だったということだ。

進学の三人は、放課後も居残り勉強をしていた。「おれの家は貧乏だから、中学校へやられなくていいな」と思ったことを覚えている。上の学校へ行きたい、なんて考えは全然なかった。出世する人間と、しない人間との違いだろう。

小学校では二クラスあったのが高等科では一クラスになり、男女共学になった。しかし、現代のように男女が仲良くするなんてことはなかった。男女は別だった。

七月に支那事変が起こった。すぐ兄のところに召集令状が来た。夜、役場の兵事係が提灯《ちょうちん》を提《さ》げて届けに来た。村に二人来て、その一人だった。

翌朝、私は兄に召集令状が来たことを、親戚に告げにやらされた。私は得意になって自転車を走らせた。

午後、町から憲兵が自転車で来た。厚い軍服に汗が滲《にじ》み出ていた。母と祖母が両方から団扇《うちわ》で扇《あお》ぎながら、「サア、サア、上着をお脱ぎなさいまし」としきりに勧めたが、憲兵はボタン一つ外《はず》さなかった。私は毅然《きぜん》としたその姿に感動した。

憲兵は、召集を受けた兄がどんな様子か、調べに来たのだった。兄は床屋へ行って留守だった。母と祖母が口々に、兄が名誉の召集を受けて喜んでいる、というようなことを告げた。事実、兄は春に嫁を迎えたばかりだったのに、喜んで張り切っていた。

兄は輜重《しちょう》兵だったので、現役は三ヵ月しか服していない。したがって、二等兵で除隊してきた。もう一人のよその部落の人は上等兵だった。私の部落では、兵隊に出る者は隣村の停車場まで馬に乗って行く。その後を見送りの人がぞろぞろついて行く。階級は二等兵でも、兄の姿は颯爽《さっそう》としていた。

後年、私が兵隊に出るとき、私は馬に乗ったことがないので落馬したら大変、ということで乗せて貰《もら》えなかった。駅までの長い道を歩いて行ったが、自分でも情けない姿だった。兄の応召で私の家は「出征兵士の家」となり、五十銭だった高等科の授業料が免除された。

近くの木更津町に海軍航空隊ができたのは、昭和十一年の五月である。支那事変では渡洋爆撃で有名になった双発の九六式陸上攻撃機が、学校の上を旋回しながら低く飛ぶことがあった。村の出身でその飛行機に乗っている人がいる、という話も伝わってきて、私は海軍少年航空兵に憧《あこが》れるようになった。

海軍少年航空兵のことを飛行予科練習生、略して予科練と言った。私は予科練生活の載《の》った写真冊子を買って、繰り返し見た。

しかしその志願要項によると、蓄膿症は不可、とあった。私は学校の定期検査のとき、急性蓄膿症と言われたので、自分は蓄膿症だと信じていた。志願する前に蓄膿症を治さなければならない、という障壁があった。これは親に頼めることではなかった。自分で働いて金を貯《た》めて、手術をするしかない。

昭和十四年の三月になった。卒業式も近づいたのに、就職活動をするものはいなかった。現在とはそこが違っていた。就職は卒業してから改めて考えるという習慣だったようである。父も私の奉公先についてはなにも言わなかった。どこからか話のくるのを待っていたのかも知れない。

後年、父はこんなことを言った。――「おまえが鉄道員になっていれば、家族パスが貰えて、旅行することができたのに」……しかし、父は私を鉄道員にするため、なんの努力をしたわけでもなかった。方法を知らなかったのかも知れない。

木更津町の「職業紹介所」から役人が学校へ来て、先生に呼ばれたので会った。そのとき、県内の工場に就職することを勧誘されたので承知した。数日後、職業紹介所へいったら、工場から人事係が来て、採用ということになった。面接を受けたのは私一人で、試験も口頭試問もあったわけではない。顔を見ただけで「採用します」と言った。誰でもよかったのかも知れない。応募者がなかったから、職業紹介所の方で勧誘に歩いていたのだろう。

私の就職が決まると、その頃、年季奉公を終えて家に帰っていた上の姉が、好きな物を食わせてやると、木更津町まで連れていってくれた。私は上等な物は食ったこともなく、知識もなかった。いちばん美味《うま》いものは天丼だと思っていたので、天丼が食いたいと言った。森田屋という食堂でそれを食わせてもらった。その食堂はいまも残っているが、昔年の賑《にぎ》やかさはない。姉もとうに他界している。

私が勝手に就職を決めたことについて、父はなにも言わなかった。自分に手駒がなかったからだろう。その代わり新しい洋服を買ってやると言った。私の着ているのは兵隊服を真似たカーキ色の服で、高等科の制服だった。それも一着を毎日、着ていたから古びていた。父としてはそれではみっともないと思ったのだろう。私は頑強に拒否した。父はとうとう諦《あきら》めた。

四月の初め、私は職業紹介所の役人に連れられて、就職先である津田沼の工場に向かった。木更津職業紹介所の管内では私だけだった。父が古いトランクを担《かつ》いでついて来た。私は汽車に乗って木更津より遠くへ出るのは、六年の修学旅行で香取神宮へ行って以来のことだった。両国行きの汽車に乗り、幕張駅で降りて、そこからバスに乗った。バスは海沿いの道を走った。その海もいまはない。

伊藤飛行場

私が就職したのは「伊藤飛行機株式会社」という名の工場であった。社長は伊藤音次郎という人で、民間航空史を繙《ひもと》けば一ページ目に名前の出てくる人であるが、往年の名声とは違って、工場は古く見すぼらしかった。通称「伊藤飛行場」と呼ばれ、私たちは手紙の住所にも津田沼町鷺沼伊藤飛行場と書いていた。

津田沼における生活を長々と書くのは、主題から逸《そ》れる気持ちがするが、私にとっては少年時代の懐かしい思い出で、この後書く機会はあるまいと思うから、あえて書き残しておくことにする。

国道のすぐ南側は遠浅の海で、干潮のときは数キロの沖まで固い砂浜が現れ、そこを飛行場として使用することができた。日本軽飛行機倶楽部というのが同居していて、飛行家の養成をしていた。

私たちがバスを降りたとき、道路際の海岸で二枚羽根の飛行機がエンジンの試運転をしていた。新しい世界に入ったという不安と期待を感じた。

職業紹介所で会った人事係が出迎えてくれた。いろいろと説明を受けたような気がするが、覚えていない。食堂で昼飯を御馳走になり、父と紹介所の役人は帰っていった。

西川という先輩が呼ばれて、私を寄宿舎へ案内してくれた。寄宿舎は工場の筋向かいの、わずかな陸地に建っていた。竹藪が海風を防いでいた。寄宿舎は細長い平屋で、五つか六つの部屋があり、前を廊下が通っていた。便所は別棟だった。八畳ぐらいの畳の部屋で、押入れがついていた。道路側は腰高の窓だった。そこに二、三人ずつ入っていたような気がするが、正確には覚えていない。敷蒲団と掛蒲団が一枚ずつ用意されていた。

私は西川さんと同じ部屋だった。同期入社の江幡さんも同室だった気がする。西川さんは一年先輩で富山県から来たと言った。江幡さんも富山県人だった。工場には富山県の者が何人もいた。それは発動機部の部長が富山県の人で、その人の紹介で入った者が多かったのである。

夜、西川さんに連れられて銭湯へ行った。寄宿舎から十分ぐらい歩いた場所にあった。そこら辺りは国道が海岸よりずっと奥になっていた。銭湯というのも初めてである。最初は緊張することばかりだった。湯気の中で西川さんが「こんばんは」と挨拶したので、この人は工場の大先輩かと思って、私は「今度入りました山田です。よろしくお願いします」と丁寧にお辞儀をした。相手はなにも言わなかった。西川さんは、ただいつも銭湯で会う人だったので、軽く挨拶をしただけだったのである。

緑がかったカーキ色の作業服が支給された。生地はスフだった。ヨレヨレとした感じで着心地はよくないが、もう純綿は貴重品になっていた。それを着て出勤した。門の傍《そば》に守衛所があって、詰襟の黒い服を着た傷痍軍人の人が番をしていた。そこにタイム・レコーダーが置いてあって、押して工場へ入る。

私たちは最初の日、ワイヤーの編み方を教わった。作業台を前にして腰掛けた。隣に江幡さんがいた。そのほか誰と誰がいたかの記憶がない。ワイヤーを編むには編み棒とペンチと木槌《きづち》を使う。バラバラにほどいたワイヤーの一本を編み棒で拡げたワイヤーの中に差し込み、ペンチで引っ張ってから木槌でトントンと叩く。その木槌の音が江幡さんの方が早い。私が一所懸命やっても彼よりワンテンポ遅れてしまう。そのときから、この男にはかなわないと思った。彼は私より二つ年上だった。

入社後まもなく私は胃の具合が悪くなり、ホームシックにかかった。家へ帰りたいと思ったが帰り方が判らなかった。一緒に入社した男で成田から来たのがいて、それも私と同じ状態だった。

「おれが駅を知っているから教えてやるよ」と言われてついて行った。そうしたらその駅は京成津田沼駅だった。私は途方に暮れてしまったが、迷いながら最終列車で木更津駅に着いた。そこから夜道を歩いて家に帰った。

数日後、私は寄宿舎へ帰った。そうするよりほかはなかったのである。母が遠い道のりを荷物を持って木更津の駅まで送ってくれた。「辛抱しておくれ」と母は言った。小遣いをくれた。額はいくらだったか覚えていないが、小額だったことに間違いはないだろう。財布は父が固く握っていたから、母は大金を持っているはずがなかった。

それから私はずっと家に帰らなかった。盆にも正月にも帰らなかった。兵隊に出ることが決まって、工場を辞《や》めて帰ったのは昭和十六年の八月の末で、その間に上の姉は嫁ぎ、祖母は死んでいた。

西川さんはよく窓に腰掛けてハーモニカを吹いたり、歌をうたったりしていた。

♪窓を開ければ港が見える　メリケン波止場の灯が見える……。

その姿が私には、今風の言い方をすればカッコよく見えた。私はいろいろな歌を覚えた。学校では流行歌などうたうことは禁じられていたし、ラジオもないから、学校で教わる歌以外はほとんど知らなかった。乾いた田に灌漑《かんがい》の水が入るように、私の頭にはいろいろな流行歌がまたたく間に染《し》み込んでいった。そのころ覚えた歌はいまも忘れていない。

寄宿舎はみすぼらしいせいか、誰もが長屋と呼んでいた。別棟の便所は簡単な造りで、大便は扉があるが、小便は四、五人並んでできるほどの間口で、踏み台の向こうはただのコンクリートの壁で、下が浅い溝になり、片方へ流れるようになっているだけだった。

その壁に雫《しずく》の垂れた痕《あと》が無数にあって、私は長い間それがなんであるか判らなかった。あるとき誰かが出てきたすぐ後で入ったら、いま引っかけられたばかりの粘液がゆっくりと垂れているところだった。そこではじめて気がついた。その雫の痕はマスターベーションの痕跡だったのである。堂々と直立で壁に向かって発射していたということだ。——私にはそのような勇ましい行為をした記憶がない。

給料は日給で六十銭だった。食堂で飯を食うと一日四十銭で、これは休日でも必要だった。給料日には出口の守衛所に食堂の小母《おば》さんが待っていて、間違いなく徴収される。すると袋の中にはいくらも残らない。

門を出ると道路の向こう側に小さな家があって、駄菓子を売っていた。昔、水商売をしていたらしい小母さんと娘が住んでいた。そこへも寄らなくてはならない。借金を払うためである。寄宿舎へ戻るにはどうしてもその前を通らなければならなかったから、関所みたいなものである。

私たち寄宿舎に住んでいる少年たちは、その店で付けで菓子を食っていた。だからついつい食い過ぎてしまう。止めようと思っても、食堂の飯だけでは腹が減ってどうにもならなかった。育ち盛りでもあるし、故郷を離れている寂しさもあったのだろう。その関所を通り抜けると、袋はほぼ空に近い状態になる。銭湯代と散髪代が残ればいい方だ。家から金を送って貰っている仲間もいた。私にはそんなことはできない。

あるとき勘定が足らなくなったので、来月まで待ってくれるように頼んだ。すると小母さんは急に態度を変えて、きつい声で、「こっちも商売だからね」というようなことを言った。口惜しくて、友達に拝んで金を借り、叩きつけるような気持ちで残金を払った。すると小母さんは笑顔で、「あーら、いつでもいいのに。義理堅いお人だねえ」とお愛想《あいそ》を言った。その言葉でころりと怒りが消えて、また通うようになった。

小母さんは立て膝で煙草を吸いながら、鼻から脂《やに》がでるほど吸ったことはないだろう、と自慢するような人だった。小母さんの話は、まだ女のことを知らない少年には唾を飲み込むような興味があった。私が工場を辞めるとき、娘さんが餞別《せんべつ》を届けてくれた。

銭湯は会社から入浴券を貰って行った。一銭割引になった。風呂屋は大鋸屑《おがくず》や鉋屑《かんなくず》などを工場から貰っていたから、その代償として割引券を発行していたわけである。ときどき親父さんに連れられた姉妹の娘さんが二人、絣《かすり》の着物に赤い帯と赤い襷《たすき》姿で大きなざるを抱えて運んでいたのを覚えている。

銭湯の筋向かいに床屋があった。私は初めて床屋というところへ行った。それまではずっと父にバリカンで刈ってもらっていたのである。バリカンは切れが悪くて痛かった。私は散髪とは痛いものだと思って育ったが、床屋では少しも痛くなかった。

古い工場と比べて、二階建ての事務所は新しかった。二、三年前にどこからか資本が入って、工場も株式会社になり、そのとき新築したらしい。少年工を雇うようになったのもそのときからではないか。興味がないから訊《たず》ねもしないし調べもしなかったが、倉庫の隅にパンフレットの残りがあったのを覚えている。入社してから古い格納庫の隣に新しく格納庫ができた。

事務所の付近で時折、痩せて貧相な爺さんを見かけた。あるときは食堂と事務所の間の通路にしゃがんで、七輪を扇《おお》ぎながら食パンを焼いているのを見かけた。

「あの爺さんは誰ですか?」と西川さんに訊《き》いたら、

「奈良原三次男爵だよ。日本で初めて自分で作った飛行機で飛んだ人だ。とにかく偉い人なんだ。社長はあの人の弟子だからな。会社の顧問で、伊藤飛行機青年学校の校長だ」

そんな偉い方とは知らず、お見逸《みそ》れいたしましたというところだが、姿を見かけただけで会話をしたことはない。

男爵奈良原三次は、あの有名な生麦事件の奈良原喜左衛門の甥に当たる人で、海軍の技士だった。

日本における初飛行の公式記録は明治四十三年十二月十九日、徳川大尉がフランス製のアンリー・ファルマン機で、日野大尉がドイツ製のハンス・グラーデ機で飛んだということになっている。実際は十四日と十六日に日野大尉が飛行を成功させているらしいが、そんなことはどうでもよい。

これより一月半前の十月三日、奈良原三次は自費で自作の「奈良原一号」機の飛行実験を戸山ヶ原練兵場で行っている。残念ながらこのときはエンジンの馬力不足で、三十センチほど浮いただけで、不成功に終わってしまった。もしこのとき、注文した五十馬力のエンジンが手に入っていたら、飛行は成功し、日本初飛行の記録となったであろう。とこれは負け惜しみのようなものだから、言ったって仕様がない。この飛行機は地上滑走の練習用として、弟子となった白戸栄之助が使うようになった、ということである。

一号機に失敗した奈良原三次は、直ちに二号機の製作にかかり、翌四十四年五月五日に、所沢陸軍飛行場で国産機の初飛行に成功している。

奈良原三次は二号機に続いて、三号機、四号機を作り、四号機は鳳号と命名されて、やがて各地で有料飛行会を行うようになる。その頃は、金を払ってでも飛行機というものが空を飛ぶのを見たい、という人が大勢いたようである。伊藤音次郎はこの頃、奈良原三次の弟子となった。

その後、奈良原三次は軍を退くと、一族を率いて千葉県の稲毛に飛行場を開設することになる。

JR稲毛駅を降りて南に歩を進めると、やがて国道十四号を横切る。それからしばらく歩いたところの、団地のそばの公園の一隅に、飛行機をイメージした「民間航空発祥之地」という大きな記念碑が建っている。台座の前面には鳳号の機影と要目が彫られた銅板が埋められていて、後ろに回ると、次のような文章が石に刻まれているのを見る。

一九一二年奈良原三次この海浜に初めて練習飛行場を創設
教官白戸栄之助により飛行士の養成をはじめた
この地がわが民間航空発祥の地である
一九七一年七月
伊藤音次郎記
航空振興財団

最初に書いたように、国道十四号のすぐ南側は遠浅の海だった。潮が引くとそこを飛行場として使った。その有様をさらに三十分ほど歩いた海浜公園の「稲毛民間航空記念館」に作られた模型で見ることができる。そこには復元された鳳号が展示されてあり、飛行の有様もビデオで見ることができる。

白戸栄之助は徳川大尉の部下だったが、除隊後、徳川大尉の世話で奈良原の弟子になり、後には奈良原の飛行機は白戸が操縦するようになった。伊藤音次郎は二番弟子ということになる。

これは社長の音次郎氏から直接聞いた話であるが、その頃、飛行機の操縦を覚えるのはすべて独習だった。最初は地上滑走を繰り返して、馴れてきたらちょっとジャンプをしてみる。それにも馴れたら怖《こ》わごわ離陸してみるのだそうだが、そのときの操縦桿の引き具合が難しい。エンジンに力がないから、引き過ぎると失速して落っこちてしまう。ちょっと浮いたら水平に戻し、そんな風にして徐々に高度を上げてゆくのだそうである。

音次郎は操縦の練習と共に製作も志し、やがて「伊藤飛行機研究所」を設立する。そして自作の「伊藤式恵美一型機」を駆って、稲毛から海岸伝いに帝都訪問飛行を成功させて名を知られるようになった。さらに民間初の水上飛行機も作って飛行させている。満潮になると水上機を飛ばすことができるのだから、水陸両用の飛行場と言えないこともない。

大正六年秋、台風による高潮で稲毛飛行場は壊滅した。翌七年、伊藤音次郎は西方の津田沼町鷺沼の海岸に伊藤飛行機研究所を移して腰を据えた。次々と新しい飛行機を作り、飛行家を養成した。音次郎の作った飛行機には「恵美」と名のつくものが多い。

飛行機の発達は日進月歩で、新型機も数年もしないうちに旧式になる。軍ではそういう飛行機を安く民間に払い下げるようになり、民間の飛行機製作は急速に衰退してしまった。発展していったのは軍用機を作っていた工場だけである。

昭和十四年の春、私が入社したときには飛行機の製造はなされていなく、整備だけだった。主力はグライダーの製作に移っていた。

私や江幡さんはグライダーの組立部の所属になったが、「機械部へ行きたい者はいないか」ということを聞いて機械部を希望した。そこで主に旋盤などを習っていたが、だんだん嫌になってきた。百分の数ミリを削らなければならぬ仕事に、神経が疲れてしまったのである。

江幡さんはいつの間にか整備部に移っていた。私も整備部へゆきたいと思うようになった。そこで江幡さんにどうして整備へ移ることができたか訊《き》いた。彼はその経緯を教えてくれた。——整備の部長は布施金太郎という人だが、誰もが「フセキン」と呼んでいて、気軽に接することができる人だった。その人の住居が工場からそう遠くないところにある。江幡さんは夜、そこを訪ねて頼んだということだった。

勇気を出して、私は教わった通り夜、「フセキン」の家を訪ねて、整備部へ移りたいと頼んだ。いまなら貧しくとも手土産を提《さ》げて行くところだが、世間知らずの子供だったから、手ぶらで行った。

その結果、私はしばらくして整備へ移ることができたのだが、順調に運んだわけではない。機械部の部長が反対して私と言い争いになり、私が「あんたは尻の穴が小さいよ！」と生意気なことを言ったものだから、部長は怒って私を殴った。私も負けずに殴り返した。部長はびっくりしたと思う。私が突きつけた退職届をもって部長は事務所へ行った。その退職届に私は、「希望の部へ入れてくれないなら辞《や》めます」と書いた。このことを思い起こすと、無智で生意気な己が愧《は》ずかしく、申し訳ない。

「好きなことをさせてやりなさい」という社長の一言があったそうで、私は整備部へ移った。社長を有難く尊敬している。

ここで社長の人情話を一つ書いておきたい。社長の一番弟子は山縣豊太郎という人だった。この人は天才的な飛行士で、各種の競技に優勝し、民間で初めて二回連続宙返りをしたことで知られている。大正九年八月二十九日、山縣豊太郎はその日も皆の見上げる中で宙返りを繰り返し、三度目の宙返りをしようと機を引き起こしたとき空中分解で左翼が飛び、工場の裏手の畠に墜落して死んだ。享年二十三歳。少し高台になった畠の一隅に、伊藤音次郎が建てた「山縣飛行士殉空之地」という碑が建っている。碑文は奈良原三次が書いている。

二十年後の命日に新しくこの碑を建てた伊藤音次郎は、社員を前にして語った。

「――当時の飛行機は翼を胴体に取りつけるのにボルト止めでなく、翼桁を丸く削ってその上に銅板を巻いて、胴体に差し込むようになっていた。その銅板を貼るとき、ちょうどいい釘がなかったので、その上の釘を使った。そのためその部分が弱くなり、折れてしまったのである。気づかぬ僅かな過《あやま》ちから惜しむべき人を失った……」

そう言って、社長は人前も憚《はばか》らず涙を流した。

整備へ移って、私は伸び伸びと働けるようになつた。整備作業には技能的な難しさがなかった。それはナット一つ締めるにしても易《やさ》しいことではないが、知識で補うことができる。判っているのだけどその通りにできない、という難しさはなかった。勉強すればよかった。

飛行機は一年ごとに堪航検査を受けなければならない。自動車でいえば車検のようなものである。旧型の飛行機はオーバーホールが必要だ。そういうのが工場へ入ってくる。エンジンは取り外《はず》して発動機部へ。首なし機体が整備部へ入ってくる。それを小さな部品まで取り外して検査し、手入れをし、ある部品は交換したり、また塗装し直したりして組み立てる。組み立てる前には部品を並べて検査を受ける。航空局から検査官が来る。

組立が終わると翼も胴体も塗装し直して、標識を新しく書く。エンジンを取りつけてから外へ引き出して試運転をする。その場合、国道を横切って海辺へ出さなければならない。一人が尾部を担いで、その他大勢が翼の前縁を押して後ろ向きにゆく。そろそろ押してゆくから時間がかかる。当時は自動車の数も少なかったのでよかった。

たまにバスと出合うことがある。するとわざと動きを遅くしたり、止めたりして、バスガールに声をかける。そんなこんなでバスガールと仲好しになり、船橋までタダで乗せてもらったという仲間がいる。乗客も腹を立てることもなく、珍しそうに飛行機を見ていた。

試運転が終わると、試験飛行がある。潮がよく引いてからの飛行場で、日本軽飛行機倶楽部の教官がする。そのとき誰かが同乗させてもらえる。古い者順だが、私も一度、後部座席に乗せてもらった。そのときの飛行機は、海軍でも使っていたという三式練習機だった。離陸してから操縦士が振り返って、「高度計が百メートルになったら合図してくれ」と大声で言った。私は承知して計器盤を見つめて、針がちょうどを指したとき操縦士の肩を叩いて教えた。

三式練習機の速度は百キログらいのものだった。現代のハイウェイを走る自動車よりも遅い。風防ガラスから外へ顔を出すと、風圧で目の前に陽炎《かげろう》が立ったように見える。百キロというのはこういう感じか、と思った。初めての同乗飛行だったけれども、私は少しも怖いと思わなかった。旋回のときの体の動かし方も会得した。

ついでだが、三式練習機はそれが一度だけで、後に九〇式機上作業練習機というのに乗った。羽田から運んで組み立て、松戸の乗員養成所へ運ぶとき、部長のお供で行った。それだけである。陸軍で使っていた九五式の三型、一型というオレンジ色に塗った練習機の試験飛行も何度か見ている。あれに一度乗りたいと思ったが、できなかった。

一度、軍用機が降りたことがある。ノモハンで活躍した九七式戦闘機である。実に軽々とした感じで飛んできたが、なにか支障があったのだろう。遠くに着陸した。大勢でそれを運びに行った。木製羽布張りの飛行機と違って、尾部を担ぐ者は重かったようである。九七戦は新しい格納庫に入れた。誰もいないとき見にいったら、フラップを下ろしてあった。フラップなど聞いてはいたが初めて見る仕掛けだった。座席に乗ってみたが、計器類もいっぱいあって、なにがなんだか判らない。手を触れないようにして機を降りた。翌日、九七戦は飛んで行ったと思うのだが、その記憶はさっぱりない。


試験飛行が終わると、また航空局の検査官が来て、飛行の様子を見てもらう。それで終わりである。整備を終わった飛行機は堪航証明を貰って、持ち主の許《もと》へ飛んで行く。

検査官の中に、まだ学生の匂いが残っている人がいた。私たち少年工にも友達のように話しかけてきた。堂々とした体格をしていて、体力検定で一級を取ったということだった。

その頃は体力検定というものがあって、俵を担いで走ったり、手榴弾の模型を遠くへ投げたり、実戦的な力を競うものだった。私など二級だか三級だったか覚えていないが、一級を持つ人は珍しかった。学生時代もなにかスポーツをやっていたらしい。その人とは二、三度会っただけだが、その後ＭＣ（？）の試験飛行に同乗していて、東京湾に墜落して死んだという話を聞いた。

あんな頑丈な体格の人があっけなく死んでしまうとは、信じ難い気持ちだったが、人間というものは運さえよければしぶといほど生きる癖に、一方死ぬときはあっさりと死んでしまうものらしい。

珍しいものがあった。無尾翼のグライダーである。私が入社したときからあった。格納庫の隅に青い機体に埃をかぶって置いてあった。頭の近くから鋭い後退角の翼が出ており、操縦席のすぐ後ろに大きな方向舵が付いていた。訊いたら「萱場製作所」という、緩衝装置で有名な工場の注文で作ったということだった。萱場製作所がなぜこんなものを作ったのだろうと疑問を感じたが、本当のことは聞かなかった。

いつまで放っておくのだろうと思っていたが、それも忘れかけた頃、無尾翼機は塗装場に移され、新しく化粧をし直した。そして飛行できることを見せてくれた。操縦は軽飛行機倶楽部の島安博さんだったと思う。私たちは海への降り口で見ていた。三式練習機に曳航された無尾翼機は、曳航する機よりも早く地を離れ、曳航する方はやりにくいんじゃないか、と話をしていた。

高空で切り離された無尾翼機は、飛行場の上空を何度も旋回していたが、沈下速度は普通のソアラー（上級グライダー）より速かった。無事に着陸するまで見ていたが、その後、このグライダーの姿を見ていない。納品されたのだろう。長い間、置いてあった場所にポカンとした空気が残っていた。

グライダー部という名称があったかどうか知らないが、会社から提供されたグライダーで練習をしているグループがあり、誘われて入った。指導してくれたのは社長の息子さん（だったと思う）で、この方は片腕が不自由だった。部員は何人ぐらいだったか覚えがないが、寄宿舎の連中と近くから通勤している者で、かなり人数はいたものと思う。なにしろプライマリー（初級用のグライダー）の場合は、人手がないと練習ができない。

干潮で風のない日、作業時間を終わって夕食前にみんなでグライダーを担いで、飛行場である海に降りる。夕方干潮で、しかも日の長いときという条件があるから、毎日練習するというわけにはいかない。

プライマリーを飛ばすには、左右V字型に分かれた引手が、太いゴムロープをエッサ、エッサと曳いてゆく。翼を水平に支えている係と、尾部のロープをしっかりと固定している係がいる。曳行ロープが伸び切ったところで尾部のロープを放すと、機体はズルズルと走り始めてふわりと浮いて降りる。それだけである。またグライダーを担いで元の場所に戻す。

教官が最初試乗して、次に古い者から乗る。一回の飛行に時間がかかるから、何人も乗れない。

私より体の小さい先輩がいて、その人が乗るときは道具箱を膝の上に置いていた。「操縦桿を動かしちゃ駄目だよ」と注意を受けていた。プライマリーは自然と浮いて降りるように出来ているから、初心者はなにもしない方がいい。操縦桿を引いたり押したりするのは危険である。

一等飛行士が、プライマリーに乗って死んだという事件があったそうで、教訓のように聞かされた。飛行士はいつも左手でスロットルレバーを握っているのに、グライダーにはそれがない。左手が手持ち無沙汰で落ちつかなくて、それに気をとられている間に墜落して、打ち所が悪かったとみえ、亡くなってしまったそうである。

何人か乗って、その日の練習が終わると、またグライダーを担いで格納庫へ入れる。それから足を洗って夕飯となるが、食堂の人は帰ってしまい、残飯でも食うような侘《わび》しい夕食だ。それが嫌で、グライダーの練習はエッサ、エッサをやっただけで、一度も乗ることなく止めてしまった。

同じ飛行場を使って学生を養成しているのに、「帝国飛行学校」というのがあった。寄宿舎の西の方に格納庫があって、使用していたのは「アブロ」と「アンリョウ」という第一次世界大戦に活躍した飛行機だった。校長はたしか鈴木さんと言って、家は工場の並びにあった。小太りで気さくな人だった。私たち工場の少年工とも親しく口をきいてくれた。

ある日、学生の練習飛行を見ていたら、着陸に失敗して飛行機はひっくり返り、仰向けに寝てしまった。その場に居合わせた者がみんな跣《はだし》になって駆けつけた。操縦席にいた男は、逆さにぶら下がったままだ。ワッショイ、ワッショイと飛行機を起こしてやったら、飛行機はまた走って飛び上がった。こんなことは珍しくないそうで、たいていの場合、飛行機はたいした故障も起こさないということだ。現在の飛行機では想像もできない。

帝国飛行学校の学生の中に、若い女の人がいた。富山の代議士の娘だという話だが、正確な記憶ではない。丸顔で美人だった、と言っておこう。男に混じってハキハキとした動作をしているのを見ると憧れを感じた。この娘さんは銭湯へ行く途中の道路側の二階家に下宿していて、夜その側を通るとき、私たちは口笛を吹いたり、奇声を上げたりしたが、なんの関係も生じなかった。

この娘さんは二等飛行士の試験に一回でパスし、卒業後はどこかの新聞社に入ったという噂だが、はっきりしたことは知らない。名前も聞いたような気がするが覚えていない。

伊藤飛行機研究所からも、昔、女性パイロットが育っていったらしいが、私が入ってからは、日本軽飛行機倶楽部に女性の練習生は入らなかったようである。

夏、シャコ取りに行ったことも懐かしい思い出である。飛行場でシャコを取るなんて、それだけを聞いただけでは信じられないだろうが、海の飛行場ではそんな遊びもある。昼休み時間、ちょうど潮の引いているとき、三十センチほどに切ったジュラルミンのパイプを持って跣で歩いて行く。

小さい水溜まりになったところがあって、そこら辺りには直径二、三センチの穴がいくつも明いている。その穴にパイプを当てて強く吹く。すると向こう側の穴からシャコが這い出してくる。そこを捕まえる。持って帰って空き缶で茹《ゆ》でて食う。

そんな遊びを何度もしていたら、ある夜、夢を見た。自分の体がシャコの腹のようになってザワザワと動いているのだった。目が覚めて気持ちが悪くなり、それからシャコを取るのは止めにした。

木枯らしが吹く頃になるとよく思い出すことがある。それは屋台の支那そばだった。昔はラーメンとは言わず、支那そばと言った。もう寝ようかというとき、あるいは一眠りした時間に、チャルメラの哀愁を帯びた音が遠くから聞こえ、やがて寄宿舎のそばまで来る。どこから来るのか知らないが、人家の途切れるところまで来るのは売れ行きが悪かったのだろう。

注文して窓から受け取って、部屋の中で食った。顔を湯気の中に入れて食う支那そばは、たとえようもないほど美味《うま》く感じられた。屋台は毎晩来るわけではなく、来たって毎晩は食えない。したがって、支那そばを食ったのは十指に満たない回数かも知れないが、冬の思い出として懐かしい。

現在は流しの屋台はなくなり、ラーメンは季節に関わりなく食べられるようになり、街を五分も散歩すれば数軒のラーメン屋に出合う。世の中変わったものだ。

最後に伊藤飛行機青年学校について。その頃は青年学校というものがあって、週一回ほど軍事訓練があった。地区の学校へ行くのは大変なので、工場では独自の青年学校を作っていた。教練は毎週一回、午後から行われる。指導するのは機械場にいた若い予備役の伍長だったが、生徒があまり言うことを聞かないので成績が上がらない。そこで名の知れた退役将校を招いて、その人がときどき来た。

昭和十四年の秋、査閲を受けたときの記念写真を大切に仕舞ってある。社長の伊藤音次郎氏を中心に、人事係、どこからか出向してきた役員、予備役伍長、生徒三十二人が写っている。惜しいことに、校長の奈良原三次男爵が写っていない。

兵隊検査

「伊藤飛行場」の件《くだ》りでは楽しく遊んでいるようなことばかり書いたが、蓄膿症のことは一日も忘れたわけではない。しかし貯金ができなかった。服も入社当時の古い服を着ていた。正月、家へ帰らなかったのも、帰れなかったのである。長屋に残った数人の仲間とはお互い没交渉で、蒲団を被《かぶ》って寝ていた。ガランとした食堂で、心の籠《こ》もらない食事を侘《わび》しく食っていた。

幼友達のHが町の病院で鼻の手術をしたことを便りで知った。肥厚性鼻炎ということで、私の蓄膿症よりは軽い病気だ。

私は羨《うらや》ましかった。その友達は私より一足先に志願して海軍に入り、海兵団を出たあと砲術学校から手紙をくれた。

しかし、世の中悪いことばかりではない。拾ってくれる神様もいる。入社してどれくらい経ったか覚えていないが、健康保険証というものが貰えた。「医者や歯医者へかかるときはこの保険証を持ってゆくこと」と書かれた注意書きを覚えている。医者と歯医者は別なのか、とそのとき不思議に思ったものである。

さて、その医者がどこにあったか思い出せない。電車で行った覚えがないから、津田沼町の中にあったのだろう。ともかく仕事を終わってから、私は耳鼻咽喉科の医者へ行った。昔の開業医は夜でも診察をしてくれたものである。薄暗い医院だった。その頃は蛍光灯も普及していなかったから、当たり前だったかも知れない。

医者は晩酌でもしていたのか、赤い顔をしていた。私の鼻の穴を拡げて覗《のぞ》くと、綿棒を奥の方まで差し込んだ。「はい、今日はこれまで」と言った。綿棒に付いていた薬が鼻から口に入って苦かった。

工場の仕事を終わって、食堂で夕飯を食って、寄宿舎へ帰って、それから医者へ行くのは忙しかった。私は真面目に通った。ほかの患者に出合ったことは一度もなかった。そんな時間にちゃんと治療してくれる医者がありがたかった。

確たることは覚えていないが、辛抱してずいぶんと長く通ったものである。痺《しび》れを切らして私は医者に訊いた。

「先生、いつになったら治るんですか?」

「とくに悪いというほどのことはないがね」

「蓄膿症じゃないんですか」

「蓄膿症じゃないよ」

私は拍子抜けしてしまった。嬉しかったり、腹が立ったりした。私は蓄膿症のために二度も少年航空兵の試験を見送っていたのである。

私は下宿した。その頃、西川さんは寄宿舎を出て近くの家の六畳間を借りていた。一緒に住まないか、部屋代が半分になるから、と誘われていたので、その話に乗った。兵隊志願をするには、手紙がすべて会社に届く寄宿舎では困るからである。それに一年以上すると、寄宿舎を出るものが多かった。蒲団はなんとか家から送ってもらった。

役場へ行って受験の手続きをしたら、寄留届をしなければいけないと言われた。寄留届を出すには、大家の承諾を得なければならない。どうしようと迷いながら役場内の代書屋へ行ったら、いとも簡単に作ってくれた。私はハンコを持っていなかったのに、名前の下にポンと知らないハンコを押して、それで手続きが終わった。悪いけど大家には黙っていた。

江幡さんも海軍志願をすることになった。彼はもう少年航空兵を受けるには年齢が過ぎていたので、一般の水兵として海兵団へ入団したあと、転科の試験を受けて操縦へ回りたいという希望だった。彼は体格には自信があったが、学科は不安だったらしく、よく畳の上に腹這《はらば》って算術の勉強をしていた。参考書を貸してやったと思う。

その江幡さんが鼻の手術をすることになった。私自身といい、幼友達といい、江幡さんといい、海軍志願の思い出には鼻がかかわっている。彼が鼻が悪いということは全然知らなかったが、幼友達と同じ肥厚性鼻炎だそうだ。試験前に悪いところは治しておこう、という考えだったかもしれない。

肥厚性鼻炎は健康保険では入院手術が受けられないということだった。江幡さんは医者と交渉して、日帰りで手術をしてもらうことにした。それについて介護を私に頼んだ。日給分は払うから、工場を休んで世話をしてくれという話だった。もちろん私は承知した。

彼はどこからか自転車を借りてきて、手術が終わるとサッと帰ってきた。用意してあった氷で私が冷やしてやった。飯は食堂から運んでやった。彼は医者に言われた通りおとなしく寝ていた。一日だったか、二日だったか覚えていない。金を貰ったかどうかも覚えていない。

こんなこともあって、江幡さんと私は一緒に千葉まで試験を受けに行った。たしか二月の寒い日だったと思う。会場には大勢の若者が集まっていた。学科を心配していた江幡さんは合格し、私は身体検査で落ちた。

試験の方法は合理的で、かつ非情である。まず全員揃って学科試験を受ける。休憩時間に採点がなされ、不合格者は訓示を受けてその場から帰されてしまう。体格検査を受けることを許されない。体格検査にもいろいろの種目があり、どこかでつかえるとそこから帰されてしまう。

私は心配していた片手でロープにぶら下がるのができたのでホッとしたが、次の胸郭拡張で落ちてしまった。胸郭拡張というのは、息をいっぱいに吸ったときと、吐いたときの胸囲の差を計る検査である。五センチあれば合格のところ、私の場合は四センチしかなかった。

その後会得したことだが、胸郭拡張の計り方にはコツがあって、息をいっぱいに吸ったら、さらにウン！　と力を込めてあばら骨を脹《ふく》らませるのである。それで数センチは伸びる。練習して翌年、その要領で計ったら確か九センチあった。もし二月の試験にそれを知っていたら、私は合格していたであろうと残念でならない。

人生にはいくつかの運命の岐路というようなものがあるが、これはあきらかにその一つだったと思う。

江幡さんは入隊通知が来ないうちから、役場へ「まだ来ませんか？」といった調子で出向いて、何度目かに通知を手にするとすぐ工場を辞めて故郷へ帰ってしまった。もう会うことはあるまいと思って、しばらくは彼の面影をときどき思い浮かべた。

その年の六月に行われた徴兵検査に、私は現役志願者として応募した。いつまでも待っていられない、という焦りがあった。海軍を志望した。志願だから希望通りになるはずだった。江幡さんのように、入隊してから操縦術練習生の試験を受けるつもりだった。

徴兵検査では途中から帰されるということはない。最後に一人々々検査官の前に出て、結果を発表されるのである。検査官は年配の軍人であるから、厳《おごそ》かに宣言する。私の前は細い体のひ弱な感じの男だった。「丙種合格！」とその男が言われたので、私は可笑《おか》しかった。

「甲種合格」と私は言われて、笑いが込み上げた。

私はすぐ役場へ行って、退去届というものを提出した。大家に無断で寄留届を出していたからである。八月に工場を辞めて家に帰った。兄は二度目の召集で出征していたからちょうどよかった。

ところが、そんな私のところへ徴用令状が来た。徴用とは強制的に軍需工場で働かせるものである。兵隊に出ると決まっている者を徴用しても仕方あるまいと思ったが、どうもこれは会社の人事係の策謀と疑える節がある。千葉まで身体検査を受けに行った。私の場合は兄が出征していたので徴用はまぬがれた。入営までの数ヶ月間、徴用されていたという人もいる。

私は毎日、農作業に精をだしていた。役場から入隊通知が届けられた。「昭和十七年三月一日、東部第百二部隊に入隊すべし」というのであった。海兵団ではなかった。ながい間の夢は消えた。しかし、これはどうにも変え難いことだった。従うよりほかはなかった。

木更津航空隊

思いがけない人から手紙が届いた。江幡さんである。彼が私の実家の住所を覚えていてくれたのはありがたいことである。手紙の内容は、海兵団の教育を終了して、このたび木更津の航空隊に配属になった、ということだった。木更津航空隊ならすぐ近くである。彼が外出するという日曜日、私は自転車を漕いで会いに行った。

一般の道路から航空隊の正門まで、幅の広い直線の道路があった。私の地方では一般の道路からその家の庭に至るまでの専用の道路を「ジョーボ」と言っているが、その直線道路は航空隊のジョーボのようなものだった。私はジョーボの途中に自転車を停めて待っていた。

よく晴れて、航空隊の建物の上には富士とそれに連なる丹沢の峰々が浮かんでいた。その背景の中から、営門を白い服を着た一団が出て来た。彼らは四列縦隊に隊伍を組んで、大きく腕を振って整然と進んで来た。行進に当たって、陸軍では脚の上げ方を重視するが、海軍は腕の振り方を大切にするらしい。真っ直ぐに伸ばした腕を水平になるまで振り上げる。その集団は舞踊を見るような美しさだった。蒼空と白い水兵服がよく似合った。私はその水兵服に憧れて海軍志願をしたのだった。

行列の先頭は、私を見向きもせず通り過ぎた。真ん中辺りで、行進しながら私を手招きする者がいた。私は自転車を置いて近寄ってみてびっくりした。なんと、その人は工場の先輩でグライダーの組立部にいた塩原さんだった。海軍志願したことなどまったく知らなかった。江幡さんだって、最初に顔を合わせたときはびっくりしただろう。

「江幡は外出できないから、面会に行ってみろ」と、塩原さんは早口で言った。言い終わると、前を向いて腕を振って行進して行った。私は見送っていた。その行列はジョーボの出口に達すると隊伍を崩し、三々五々、街の方へ歩いて行った。

私は正門に立哨している衛兵に挙手の礼をして、江幡松次郎に面会したい旨を告げた。私は衛兵所でしばらく待たされた。電話連絡が終わると、私は面会できない旨を告げられた。その理由を衛兵司令は親切に教えてくれた。江幡さんは腹を毀《こわ》しているので外出禁止、面会も禁止になっているそうである。それでは仕方がない。私は礼を言って隊門を出た。面会こそできなかったが、私は爽やかな気持ちで自転車を走らせた。

次の日曜日、江幡さんは全快して外出も許可になり、私はジョーボで待ち受けて一緒に彼の下宿へ行った。海軍には独特な下宿（?）制度があった。民間の家庭と契約して、外出した兵隊たちがそこで寛《くつろ》ぐことができるようになっているのである。若い兵隊たちは、そこで家庭生活を味わうことができる。世話をしてくれるその家の主婦はお母さん代わりだし、主人はときに父親のように相談相手になってくれるかも知れない。

一軒の家に、数人の兵隊が下宿人になっていた。彼らは外出すると一先《ひとま》ずその家に落ち着き、茶を飲み、飯を食い、ごろ寝をし、故郷へ手紙を書き、外出したい者はして、気楽に一日を過ごすのである。

その下宿には四、五人の兵隊が集まった。江幡さんが私を仲間に紹介した。それぞれ若い志願兵だから、私と年齢は近いはずなのに、私にはその人達が年上に見え、眩《まぶ》しかった。奥さんがお茶を持ってきて、何人かが手紙を渡された。江幡さんは手紙を書いていた。小遣いが足らないから十円送って下さい、なんて書いていた。こんな手紙は営内からは出せない。下宿だからできることである。

宿の奥さんが、私の分まで昼飯の用意をしてくれたので、私はみんなと一緒に食べた。もう配給制度になっていたから、大変な負担をかけたことになる。——それからどうしたか？　忘れてしまった。一緒に外出したのではないか、と考えるが記憶にない。

江幡さんがどんな経緯で木更津航空隊に来たか？　隊ではどんな仕事をしているか？　塩原さんとの関わりなど、訊いたかどうか？　大切なことをみんな忘れてしまって苛立《いらだ》たしい。思い出そうとしていたら、まるっきり別なことが浮かんで、胸が詰まってしまった。

その日、私はなにか手土産を持参すべきだった。物資が不足しているとはいえ、なにかあるはずだった。なければ、自家で取れた諸《いも》を蒸しただけのものだっていい。お茶請けになるだろう。それよりも下宿の奥さんに、後で米と野菜をお礼に届けなければいけなかった。私が余分に食ったために、その家ではその分、代用食になったかも知れないのである。

こういうことは親に頼めば整えてくれたかも知れないが、私はいじけて育っているので、言い出せなかった。過ぎ去った小さいことではあるが、晩年になると、借金を残して死ぬようで気になる。


大東亜戦争が始まる前だったか、後だったか忘れたが、江幡さんは霞ヶ浦航空隊から手紙をくれた。霞ヶ浦は飛行機乗りを養成するところである。手紙には詳しいことはなにも書いてなかったが、希望通り操縦術練習生の試験に受かって、いま訓練を受けているのだろう、と私は想像した。私には未練があったので羨《うらや》ましかった。

その後、私も入営したりしたので文通はなくなった。江幡さんの消息も判らなくなった。彼はいま生きているか？　——多分、死んでしまったであろう。飛行機乗りは死ぬのが運命だ。戦闘機に乗って華々しい戦死を遂げたに違いない。江幡さんが戦闘機乗りになったとは誰からも聞いた話ではないが、彼は偵察機などより戦闘機が似合うような気がする。

そんな男だった。

喜寿を過ぎて、懐かしく思い出される人が何人かいる。その中でも江幡松次郎さんはもっとも会いたい一人である。

四　教

昭和十七年三月一日、私は東部第百二部隊に入隊した。東部第百二部隊というのは一般名で、固有名は第四航空教育隊といい、通称「四教《よんきょう》」と呼ばれていた。「第四航空教育隊の歌」というのがあって、これはよく軍歌演習で歌わされたので、いまも覚えている。こんな調子だ。

♪霊峰富士を西に見て　尽きぬ流れの利根川畔
大和男児の血は湧きて　集うますらお意気高し
世界に比なき荒鷲の　雛を育む教育隊

この勇ましい隊歌を聞くと、さかんに優秀な飛行機乗りを養成しているように思われるが、実際はそうではない。操縦、無線、爆撃など、飛行機に乗る者をひっくるめて陸軍では空中勤務者と呼び、それぞれ別の学校で教育される。航空教育隊は、地上勤務の初年兵を育てるだけの隊である。

所在地はいまは柏市に合併されているが、当時の地名は千葉県東葛飾郡田中村豊四季と言った。この記憶があやふやなので柏市役所へ電話して訊《たず》ねたが、はっきりした答が得られなかった。若い職員にとっては生まれる前の昔のことなのだろう。そういうことは教育委員会に訊ねた方がよいと教わったが、手間をかけるほど重大なことではないからそのままにした。

東武野田線豊四季の駅を降りて、松林の中の細い道を歩き続けた先に、兵営があった。ここら辺りの土は柔らかい粉土で、日陰には霜柱が立っていた。海に近い木更津とは寒さが違うようだった。入隊してしばらく、私は手にしもやけができて困った。

私たちを部隊に引き渡すと、兵事係は帰って行った。私たちは班別に集められ、そこで平服のまま写真を撮った。私は一中隊五班で、別な呼び方をすると、大畑隊谷口班であった。隊外へ手紙を出す場合などは大畑隊谷口班と書くことになっていた。防諜上の理由だそうである。

それから宿舎へ入り、褌《ふんどし》一丁になって、一つ一つ説明を受けながら衣服を着用した。軍隊ではシャツ、ズボンなどカタカナ語を遣《つか》わないから、馴れるまで大変である。シャツは襦袢《じゅばん》、ズボンは軍袴《ぐんこ》、股引《ももひき》は袴下《こした》、といった具合で、うっかり間違えると、「軍隊にはそんな物はない」と叱られる。靴を履《は》いて巻脚絆《まききゃはん》を巻いて帯剣をつけた。軍人らしくなったところで庭へ出て、改めて班別に記念写真を撮った。中隊長や中隊付きの将校も一緒に並んだ。その写真の私は緊張して、キリリとした初年兵ぶりである。

入営した最初の一日はお客様扱いである。食事の世話も古参兵がしてくれる。メンコという独特の食器に盛りつけてくれるが、飯は大麦飯で、私も小作百姓の子供だから麦飯は食い馴れているが、程度が違う。その飯を蒸気釜で炊いてあるから独特な味がする。

班長が説明した。「今日の飯の量は普段の半分である。軍隊の飯がどんなものか判ったか。持て余しているものがいるか知れないが、すぐこの倍の量でも足らないと思うようになる」――その通りで、いままで贅沢な暮らしをしていた者も、食函に残った飯を奪い合うようになるまで、幾日もかからなかった。

翌日、私の隣へ他班から移された兵隊が来た。なんとそれは伊藤飛行機で一緒に働いていた椿さんという一年先輩だった。そんな人が突然、現れたのだからビックリした。珍しい邂逅《かいこう》というリストがあれば、これはナンバーワンになるかも知れない。前述の塩原さんにしても、椿さんにしても、兵隊志願は工場に内緒でするから誰も知らない。椿さんは工場を辞めたらすぐ私のように徴用令状が来て、入営まで東北の工場で働かされていたということだ。

初年兵の生活が始まった。非常に忙しい。マゴマゴすることが多いからなお忙しい。言われたことをこなすだけで精一杯である。こうして一月経って、月例身体検査を受けたら皆、入隊時より太っていた。さらに翌月の検査ではまた太っていた。こんな具合に初年兵の体重は増加してゆくのに、私だけは逆に痩せてゆき、そのたびに血沈検査をされた。

同年兵は私より三つ年上で、それだけに世馴れしていた。私は付いてゆくのが精一杯だった。その気苦労があったのであろう。一月、二月と痩せ続けたが、三月たったらそれまで痩せたのを一気に取り戻した。

私たちの大半は入隊前に青年学校で基礎的な軍事教練を受けていたが、それにはお構いなしだった。

訓練は「気ヲツケ」から始まる。気ヲツケのことを「不動の姿勢」という。不動の姿勢とはどういうものか、ということまでちゃんと典範令に書いてあって、それも覚えなければならない。因《ちなみ》に初年兵のとき暗記したその言葉を、六十年経った今も覚えているから披露すると、「不動ノ姿勢ハ軍人基本ノ姿勢ナリ。内ニ軍人精神充実シ、外厳粛端正ナラザルベカラズ」というのである。

ついでにもう一つ披露すると、「命令ハ謹ンデコレヲ承《う》ケ、直チニ実行スベシ。決シテソノ当不当ヲ論ジ、原因理由等ヲ質問スルヲ許サズ」とある。命令とはこのように厳しいものであるが、単純なものではなく、いろいろ裏表があるらしい。兵隊は知らなくてもいいことである。ついでに言っておくと、安っぽいドラマで、班長の命令とか、古参兵の命令をどうのこうのという場面に出くわすことがあるが、あれは大間違いで、班長は命令など出すことはできない。いわんや古参兵ごときにおいてをや、だ。命令を出せるのは中隊長からで、班長は命令の伝達者に過ぎない。――これはまた余計なことを言ってしまったかしら。

このように初年兵のとき覚えた典範令はいまも忘れない。もし軍隊でほかのことを、例えば万葉集の暗記などを徹底的にしごいてくれれば、その後の人生に大いに役立つことであろう、とそんなことを考えたことがあるが、軍隊は暇ではないから余分なことはしてくれない。

気ヲツケの次は敬礼で、それがすむと行進と、徒手訓練が一通りあって、いよいよ銃を持っての訓練がある。銃の扱い方から始まって次第に戦闘訓練に移り、実弾射撃、夜間戦闘訓練、完全軍装の行軍など、一通りのメニューをこなすと、どうやら兵隊らしくなってゆく。これを「並業」というのである。

四　教

軍隊生活にまだ十分馴れない頃、魔の時間とも呼びたいような時があった。明け方近く厠《かわや》へ起きたときである。上着だけ着て軍帽を被《かぶ》り、暗い廊下を歩いて行く。階段のところに不寝番が立っている。挙手の礼をして階段を降り、営内靴に履き替えて別棟の厠へ行く。そのときは一日の疲れが全部、頭に集まったような疲労感で、いやーな暗い気持ちになる。もし首吊りとか、脱走とか、間違いを起こすとしたら、この時間ではないかと思う。

そんな誘惑を抑えてくれるのが、父母や肉親の存在だった。もし天涯孤独の身の上だったら、どんなことになったか判らない。――これは私だけのことかどうか知らないが、同じ気持ちになった者もいるのではないか、と想像する。

こんな気持ちも、起床ラッパで跳《は》ね起きると瞬時に消えてしまった。感傷の入り込む隙のないほど体は忙しいのである。軍隊生活に馴れるに従って、魔の時間は薄らいで、なくなった。

隊では一週間に一度、昼食にパンが出た。「四教はパンを食っているそうだ」と他の部隊で悪口を言っているとかの話を聞いた。なんと言われようと、パンの日は楽しみだった。パンは大きなコッペパンで、副食はゆであずきやお汁粉のような甘い物だった。初年兵はみな甘い物に飢えていたので嬉しかった。初年兵の頃は食っても食っても腹が減った。甘いものは体が要求していたのであろう。

軍隊は集団生活をしているから、伝染病の発生を極端に警戒しているようである。それは海軍も陸軍も同じことであろうと思う。あるとき、どこかの班で下痢患者が出た。すると、すぐ「下痢している者は申し出ろ」と達しがあり、それとともに厠の前に古参兵が立って、扉の中の音に聞き耳を立てるようになった。

あいにく私は下痢気味だったため、扉を開けて出たとたんに摑《つか》まって、そのまま医務室に隔離されてしまった。

医務室では魚河岸のまぐろ競《せ》り場のように兵隊が転がっていた。一日絶食させられたうえ、正常な便が出るまで入室させられるのである。しかし、下痢で腹の中の物を出してしまったうえ、絶食しているから便が出ない。

私はこんな楽なことはないと喜んで寝ていたが、同じ班で一緒に入室させられた男は、「こんなことでは成績が下がってしまう」と気が気でないようで、人の糞を貰おうとあちこち頼んでいた。こんな人間がいるのか、と私はびっくりしたが、競争社会ではそれが普通で、私の方が駄目人間だったようだ。

二日だったか三日だったか覚えていないが、とにかく退室させられて中隊事務室へ申告に行ったら、人事係に怒られて、「すぐ銃をもって演習場へ走れ」と言われた。

並業が進んで兵隊らしくなると、外出が許可になる。外出前の厳しい服装検査を受けたあと、心躍らせて営門を出る。

四教の指定外出先は野田だった。電車で五つ先である。野田はその頃、「町」ではなかったかと思う。野田には津田沼の伊藤飛行機に入った年、工場の催しで清水公園へ花見に行った。ついでかどうか知らないが、醤油工場の見学もした。帰りに大きな煎餅《せんべい》と醤油の小瓶を貰った。野田は醤油の町で、いまは「キッコーマン」と社名を変えた「野田醤油」が町を守り立てていた。その工場を支配していたのが茂木一族で、たしか茂木八家と言われていたと思う。

入営する前日、私と仲間二人だったか三人だったか、兵事係に連れられて故郷を出、東京を回って野田に一泊した。宿舎に当てられたのは茂木一族の、その中の一家だった。立派な家だった。生まれて初めて私はそんな家に入った。菓子がたくさん出た。

風呂から上がると、真新しい浴衣《ゆかた》が置いてあった。夕食の膳も豪華だった。兵事係は酒を飲んで酔っぱらった。当主が出て、「このたびはご苦労さまでございます」と鄭重《ていちょう》な挨拶をした。野田醤油の重役が私たち田舎者の若僧に頭を下げるのは、私たちが兵隊に出る、というそれだけの理由だった。

寝所に案内された。「ごゆっくりお休みくださいませ」と女中が挨拶して下がった。ふかふかの敷蒲団を二枚重ねて、真っ白なシーツ、その上にふかふかの掛蒲団。枕元には水差しとコップが置いてあった。私は敷蒲団を二枚重ねて寝るなんてことは知らなかったので、驚いた。ふかふかの蒲団に触《さわ》ったことさえない。

生まれてからは一枚のせんべい蒲団に二人で寝るという生活だったし、工場の寄宿舎では綿の抜けた蒲団で寒くて眠れず、神経衰弱になったことすらある。それに比べればまさに天国である。これも、兵隊に出るというだけの理由からだった。

翌朝、兵事係が「まことに些少《さしょう》でございますが、規則でございますので」と幾らかの金を差し出した。辞退されると、もう一度、規則でございますので、と言って渡した。金額は幾らだったか知らないが、一人分にも満たないものだったに相違ない。

初めて外出した日、私たちは世話になった茂木家に行った。

「あの節はお世話になりました。お陰さまでこのように兵隊になり、本日初めて外出が許されましたのでご挨拶に伺《うかが》いました。ありがとうございました」

玄関に出てきたのは女中で、式台に三つ指を突いて、「わざわざのご挨拶、恐れ入りました。主人にもその旨申し伝えます」と、正確には覚えていないが、そんな返事だった。それでは、と私たちは辞去したが、振り返ると女中は式台に座ったまま、まだ見送っていた。

白状すると、私たちは挨拶は口実で、目的は菓子だったのである。入営前日、宿泊したとき、お茶請けに出たあの菓子を、もう一度食えるかも知れないと、卑《いや》しい根性で訪問したのである。庶民の家なら、「お茶でも飲んでゆっくりしてゆきなさいよ」という具合になったかも知れないが、格式が違い過ぎたようだ。

野田の町へはその後も何回か外出しているはずだが、なにをしたか全然覚えていない。多分、軍人は半額の映画館に入り、食堂で安い食物を矢鱈《やたら》に詰め込んでいたに違いない。統制時代に入っていたのに、野田はわりと物資が豊富な町だった。

町なかを歩いていると、敬礼ばかりしていなければならなかった。なにしろこちらは一番位が下だから、出会った相手には先に敬礼しておけば間違いない。欠礼した兵隊が、民間人の見ている前で殴られたという話も聞いたので、緊張していた。敬礼した相手が同じ二等兵であっても欠礼するよりはよい。

戦争から帰って、すでに半世紀以上経っているのに、私はまだ野田へは一度も行ったことがない。同じ県内であるのに。

「並業」の教育が一通り終わると、それからは「特業」が主体になる。私たちの兵科は「飛行兵」であるが、仕事はいろいろと分かれていて、私の特業は「機関工手」だった。俗に整備兵と呼ばれている仕事である。特業にはそのほかに「電気」だとか「武装」とか「金属」とか「爆弾」とか、毛色の変わったところでは「ガス兵」というのもある。そのほか「自動車手」や「ラッパ兵」、衛生兵まで様々ある。また並業専門の兵隊もいて、これは警備隊になるのである。

私は海軍少年航空兵に憧れて不合格となり、現役志願の結果、陸軍に回されてしまったが、歩兵や砲兵ではなく、飛行機のそばにいられる整備兵になれてまずはよかったと思ったが、実際に戦地へ行ったら、だいぶ当てが外れた。これは別に書くことにする。

機関工手の教育を受ける場所は、主に格納庫とその周辺である。服装はつなぎの作業服に耳隠しの付いた作業帽を被り、靴の代わりに地下足袋を履《は》く。これは軍靴には底に鋲《びょう》が打ってあり、飛行機の上へ乗れないし、格納庫内を歩いても火花が散る恐れがあるからである。屋外では、二歩以上は駆け足、と言われていたが、格納庫の中は反対に駆け足禁止だった。

特業の教育は並業と比べると楽なようだが、辛いこともある。例えば格納庫の前で全員揃って教官の講義を受けることがある。芝生の上に座って聴《き》いているのだが、なにしろ疲れているので居眠りが出る。それを我慢するのが精一杯で、難しい理屈は頭へ入らない。後ろに基幹兵が長い竿を持って立っていて、居眠りすると狙い定めてゴツンと叩く。ついでに説明すると、基幹兵というのは古参兵のことで、これは四教だけのことか、他の教育隊も同じなのか知らない。

私たちの軍歴には、九九式双発軽爆撃機の教育を受けたと記録されているが、入隊した当時、四教にはその飛行機はなかった。初めは九七式軽爆撃機が教材だった。後に隣接する柏の飛行第五戦隊との間に連絡道路が出来て、そこを新しく受領した九九双軽を、大勢で押して運んだ。かくして飛行機は到着したが、隊に一機だけでは十分に役立つとは言えなかった。

同じ機関工手の教育を受けるにしても、新兵は入隊前の職業が様々だから、楽な者もいれば難しくて覚えられない者もいる。軍属として飛行場に働いていた者、航空廠に勤めていた者、または飛行機工場でエンジンの組立や試運転をしていた者もいれば、飛行機を見たこともない百姓や、料理屋の息子までいる。私は伊藤飛行機の工場に勤めてはいたが、旧式の木製飛行機の機体の整備を少ししただけだから、ほとんど役に立たなかった。椿さんは発動機部にいたので、私はいろいろと教えてもらったが、彼の知識も昔のエンジンなので、新式のエンジンとはかけ離れていた。

知識もなく、頭の悪い兵隊が一人前の機関工手に育つには、三ヶ月足らずの期間は短過ぎたようだ。ことに数字が絡《から》んでくると余計いけない。私も典範令の文句ならいまも暗記しているのに、特業のデータはほとんど覚えていない。それでも試験もなければ落第もないから、玉石混淆《こんこう》のまま兵隊は教育隊を出て行く。教育隊を出て、すぐ使えるのは自動車手とラッパ手だけだ、と誰からか聞いた覚えがある。

航空教育隊の中では、機関工手という特業はまあ花形といったところだろう。イヤなのはガス兵だ。休憩時間に格納庫の外で雑談していると、近くのガス室の建物から走り出た連中が、目の前で倒れて転げ回っていることがある。閉め切ってガスを充満させた室内で駆け足をさせられるのだそうである。ガスというものを体で覚えさせる訓練だろうが、苦しんでいるのを見ると気の毒になる。「ガス兵は辛いなあ！」と同情を禁じ得ない。

こういう訓練をしても、実戦部隊に配属されると全然用事がないから、当番要員で、階級も上がらない。陽の目を見ない特業ではある。

ガスといえば、こんなことがあった。若い見習士官が着任して、これが無闇に張り切っているから始末が悪い。週番士官のとき、真夜中に非常呼集をかけた。それだけならまだいいが、同時にガスを放出した。催涙ガスだから命に別状はないが、防毒面は全員に渡っていないから、無い者は大難儀だ。それでも不平を言わず、苦しい中で装備を整えて営庭に集合した。そうしたら、「今回の非常呼集は整列を終わるまで××分。概《おおむ》ね良好である。解散！」

うちの班長が腹を立てた。班へ帰ると、「これから非常呼集の訓練をする。寝ろ。基幹兵は寝ていてよし」ということで、私たちが毛布の中へ入ると、「非常呼集！　服装は点呼の服装」と班長が叫ぶ。それっとばかりに跳ね起きて服装を整えて並ぶ。「いまのは××秒かかった。もう一度やり直し」—また服を脱いで毛布の中へ入る。「非常呼集！」とくる。起きて並ぶ。「もう一度やり直し。寝ろ。今度は軍帽は被らなくてよし。遅い奴は木銃でゴツンとやる。非常呼集！」ドカドカ！

初めは「寝かせてくださいよ」と思っていたが、そのうちに面白くなり、半分はやけくそで、わざと蹬音《あしおと》を高くドカドカと踏み鳴らす。

隣の班は気の毒だつた。それ以上に影響があったのは階下ではなかったか。真下は中隊事務室だった。しばらくすると週番士官が上がってきて、「班長、それくらいにして寝かせてやってくれ」と気弱く言って帰っていった。——翌日は被服についたガスのお陰で、目がショボショボして困った。

私は班長を敬愛しているので、この人のことを書き残して置きたい。

フルネームを忘れて申し訳ないが、谷口軍曹はたしか九州の出身で、乙種幹部候補生上がりだと聞いた。悪口では「オチ幹」と言われ、将校になれなかったのである。酒飲みで、運動が好きで、写真に凝っていた。班長に撮って貰った写真が三葉残っていて、これは私の宝である。

一葉はみんなで松林の中で酒を酌《く》んでいるところで、これは入営後まだ外出が許可にならない日曜日に、班長が酒を算段して、営内の松林で酒宴を開いてくれたものである。二葉目は、全員ではないが、特業の服装で休憩中のスナップである。この二葉の私は下唇にガーゼを当てて、絆創膏《ばんそうこう》で止めている。これも思い出の一つである。

並業訓練の朝、私は当番だったので、集合の終わったことを中隊舎前にいる班長に駆け足で告げに行った。そして転んで砂利の上に倒れた。「銃はどうした!」と教官の叱声が聞こえたが、そこまで気が回るほど私はまだ軍人精神が入っていなかった。立ち上がって不動の姿勢をとった私の唇から血が流れ出たので、それ以上の注意は受けなかった。砂利の上に倒れた瞬間、私は上の歯と下の歯で、下唇を噛み切ってしまったのである。老人になったいまも、傷痕がまだ残っている。

班長が医務室へ連れていってくれた。軍医が幼児に対するような優しい言葉をかけながら、縫合《ほうごう》をしてくれた。四針か五針縫ったのではないか。麻酔は使わなかったが、痛いと思わなかった。痺《しび》れていたのと、緊張していた所為《せい》ではないかと思う。

数日して抜糸に行ったが、「糸がありません」と衛生兵が軍医に報告していた。私は眠っている間に歯で糸を噛みきって、抜いてしまったのである。疲れて深く眠っているから、そんなことができたのであろう。

もう一葉は飛行機の前で、班全員が揃って並んでいる写真である。飛行機は九九双軽で、当時は軍事機密になっていたから、その前で写真を撮《と》ることはできなかったのである。班長は禁を犯すことは平気で、あたりに将校がいないことを確かめると、自分が真ん中に入って悠々と撮ってしまった。それでも、当分は外部の者に見せるな、と念をおされた。

こうして撮った写真を、班長は夜、自室で現像や焼付けをする。そのため用事があって班長室に行っても入れない場合があった。戸に内側からつっかい棒がしてあって、「開けちゃいかん！」と中で声がする。

写真を貰うと、実費を徴収された。班長も安い俸給では、全員にタダで配るわけにはいかないのである。それでも貴重な思い出が残ることはありがたかった。タダで貰った写真がほかに一枚あって、これは班長が一人で写っている写真である。訓練中のスナップで、班長は上半身裸で、土手のような場所に腰掛けている。利かん気の様子が窺《うかが》える写真である。

　あるとき、班長がこんなことを言ったのを覚えている。――「教育隊はつまらないなあ。馴れて心が通うようになると、もう別れだからなあ！」――その惜別の思いがあって、私たちに自分の姿を贈ってくれたのであろう。

　前記の入隊時の記念写真と、班長のカメラで撮った写真だけが残っている。これは戦地へ行く前に面会に来た父母に託してあったからで、その後撮った写真は、敗戦後、着の身着の儘《まま》で抑留されたので、失《な》くしてしまった。

　五班は「サーカス班」と言われていた。どちらかと言えば悪口である。班長の好みで、普通の体操よりサーカスまがいのことをやる。そんなことできやしない、と最初は思っても、馴れるに従ってできるようになったから、不思議なものである。

　一番最初にやらされたのは倒立だった。初めは誰もできなかったが、しばらくしたら全員ができるようになった。班長の号令で一斉に倒立をする。もちろん恰好のいいもの悪いもの、様々である。苦しくなって勝手に倒れると叱られる。

「こら、班長はやめていいとは言ってないぞ」

　そこで、「班長どの、倒れていいでありますか」と訊く。「まだまだ。倒れちゃいかん」班長は嬉しそうに言うが、堪えきれなくなって次々と倒れる。「倒れるときは背中を丸めて倒れよ」と班長は心得て注意する。

この倒立は屋外での体操のときばかりでなく、場所をとらないから、いつ、どこでやれと言われるか判らない。班長室へ行った仲間がなかなか帰ってこなかったから、どうした？　と訊いたら、倒立をさせられたと笑っている。なんで喜んでいるのかしつこく訊いたら、あとで饅頭を貰って食ったというのである。それなら、自分だって班長室で倒立をやりたい。

あるとき、俸給を戴《いただ》きに事務室へ行ったら、週番勤務をしていた班長に、そこで倒立をさせられたことがあった。狭い事務室で何人もの兵隊が倒立をしていたら、邪魔になって困っただろう。顔をしかめる上官や事務係もいたはずだが、腕白坊主の谷口班長には一目置くところがあってか、苦情を言う者もいなかった。

この倒立は体が覚えてしまったから、還暦になってもできたが、いまはやらない。女房にうるさく止められている。「失敗して、骨折したらどうしますか！　寝たきりになりますよ。骨粗鬆症《こつそしょうしょう》になってるかも知れないし」――現代は骨粗鬆症という言葉が流行語のようになっている。

初年兵教育では金銭の出し入れが厳格だった。金銭出納簿をつけさせられていて、ときどき検査があり、帳面と現金が合わないと追求された。俸給は十日ごとに支給されたと思うが、ごく小額だった。しかし出納簿がゼロになってはいけなかった。なぜそこまで厳しくしなければいけないかと、後年考えたことがあるが、金の乱れが精神の緩《ゆる》み、規律の乱れとなるのを警戒したのではないかと思う。

なにが発端だったか忘れたが、中隊の一斉検査があった。屋外に整列しているとき班長が回ってきて、一人々々の財布や所持品などを調べた。班長は私の胸のポケットから手帳を抜き出した。私は父母が面会に来たとき貰った十円札を、畳んでその手帳に挟んであったので観念した。班長は手帳をパラパラとめくって、なにも言わずに私に返した。薄い手帳に折り畳んだ紙幣が挟んであれば、判らぬはずはない。その場は逃れても後で叱られると覚悟していたが、それっきりだった。このことで私は余計、班長に感謝している。

格納庫で班別教育のとき、班長は煙草に火をつけて、その煙をプロペラ調速器の穴に吹き込みながら、油圧回路の説明をした。そうすると構造がよく判った。しかし、格納庫は厳重に火気の取締りをしている場所だから、教官がどこかで見てやしないかと、そっちの方が心配だった。班長は目的のためなら、上官のことなど意に介さないところがあって、私たちをハラハラさせた。

同年兵で少し知識のある奴がいて、「ガバナーの説明をあれだけできるんだから、うちの班長は詳しいな」と褒《ほ》めていた。

班長から教えられて、いまも忘れないこと。——あるとき、「駆け足！ ついてこい」と班長が走りだした。班長は駆け足も達者である。みな一所懸命についてゆくのだが、だんだん紐のようになり、それが途切れ途切れになってもうバラバラだ。私は辛うじて先頭集団の尻についてゆくことができた。後尾はだいぶ遅れて、息も絶えだえの有様で着いた。そのとき一番叱られたのは、班長についてきた先頭集団の者だった。「貴様らは、遅れて班長に殴られまいとして、戦友を見捨ててきた」というのであった。

その後、武装して駆け足行進をしたときは、班長には遅れたが全員励まし合い、ぼんやりする頭を殴り合ったりしながら、揃って目的地へ着いた。班長は褒めもしなかったが、怒りもしなかった。

教育も終わりに近くなった頃、「下士官志願をする者は班長室へ来い」と言われた。私は責任の重い下士官にはなりたくない、という気持ちに傾いていたが、志願して入隊したのだから、下士官志願をしなければいけないのかと思って、班長室へ行った。仲間が四、五人いたと思う。

集まったところで班長は、「おまえたちは下士官に向いていない。志願はやめろ」と言った。それはよかったと思って、「はい、やめます」と真っ先に言った。渋っていた者もいたように思うが、人のことはどうでもよかった。いま考えると、班長は「下士官というものはそれほどいいものではないぞ」と教えたかったのではないかと思う。

私たちは昭和十六年度の徴集で、入隊時が三月であったので、十六年の前期兵と呼ばれた。これはずっと兵隊の価値としてついて回るものである。それまでは年二回の入隊で、前期、後期と分かれていたが、十六年兵からは四ヶ月の短期教育となったので、私たち前期兵は六月の末には実戦部隊へ転属することになった。私は第三十五飛行場大隊と転属先が決まったが、部隊の所在地は説明されなかった。椿さんは満州にいる部隊だと聞いた。苦楽を共にした同班の者もバラバラになり、それ以後、逢うことはなかった。

最後の面会日が決まり、その日、隊の広場は賑やかだった。まるで遠足のような感じで、おおっぴらに談笑でき、飲み食いできた。私はそのとき写真を父母に託して、軍事機密だからと念を押した。たぶん南方に行くだろうと伝えた。勝手に志願して兵隊になり、いままた戦地へ赴く息子をどんな気持ちで送りに来たか、親の心を考えたこともなかった。両親の享年を越えたいま、しみじみと申し訳なく思っている。

出発に際しては上から下まで、全部新品の衣服が支給され、いよいよ戦地へ行くのだな、との思いを深くした。

六月の末日、私たちは隊伍を組んで営門を出た。衛兵が整列して見送った。それが四教との永遠の別れだった。

ビンタ・など

最初貰《もら》ったビンタは軽く叩かれただけなのに痛かった。これは自尊心を傷つけられた痛さであろう。

入隊して間もなく、朝の点呼のときの出来事である。点呼が終わって、壇上の週番士官が「解散」と言うと、各班長が一斉に「頭《かしら》ァ右！」と号令をかける。整列している場所によって「頭ァ中！」だったり、「頭ァ左！」だったりするが、この場合それはどうでもよい。士官の答礼が終わると、また一斉に「直レ！」の号令がかかる。声が揃う。

首を真っ直ぐにして立っていたら、端の方からパンパンと音がして、いきなり頬を殴られた。「貴様らは誰の号令で動いているか！　班長はまだ『直レ』とは言っておらんぞ」と班長が言った。叩かれた訳が判った。これは班長の意地悪だと思うのは間違いで、惰性《だせい》的になっていた兵隊が悪いのである。神経を集中していれば、大勢の中からでも班長の声を聞き分けるのは難しいことではない。その後は同じ過《あやま》ちはしなかった。

理屈を言う人は、いきなり叩くのはよくない。それはただの暴力である。まず教えて、練習させて、やらせてみて、しかる後に罰を与えるべきで、それも暴力は禁止すべきである。などとおっしゃるだろうが、軍隊は幼稚園ではないから、手を取り足を取り、機嫌をとりながら教えるほど暇ではない。一日でも早く使いものになる兵隊を育てなければならないから、叩く必要も生じるのである。叩かれなければ強い兵隊はできない。これはずっと殴られる立場だった私が言うのだから間違いはない。

軍隊へ入ったこともないのに、軍隊は鬼畜の住処《すみか》で、兵隊は不当な苛《いじ》めを受けてばかりいる、と思っている人がいる。軍隊の経験がある男でも、軍隊の悪い面を誇張して言いふらす奴がいる。なにか意図あってのことかも知れないが、私はその男の人格を疑う。

かつての戦友が集まって昔話をするとき、軍隊を嫌悪する言葉を私は聞いたことがない。時間が経てばすべてが懐かしくなるものだ、という考えもあるが、憎む心はいつまでも消えるものではなかろう。私や私の戦友には軍隊を憎んで罵《のの》る者はいない。

私たちは速成教育だったが、並業や特業のほかに、罰についても一通りのことは教わった。平手で叩くビンタに始まって、ゲンコツ、上靴（スリッパ）、帯革（バンド）、木銃（これは尻を叩く）など。そのほかには柱にしがみついてミンミンと鳴く蝉や、机の間をくぐって頭を出すときホーホケキョと鳴く鶯の谷渡りや、机に両手を突っ張って自転車を漕ぐ真似をする公用や、各班回りや、その他いろいろと。

公用というのは、「公用」と色抜きした腕章を巻いて、自転車で営外に出たときを想定したゲームみたいなものである。宙に浮かせた足で自転車を漕ぐ真似をしていると、傍《かたわ》らに基幹兵がついていて、いろいろなことを言う。それに合わせて動作をしなければならない。「坂道だ」と言われれば力を込めて漕ぐ。「人が来た」と言われたら、チリンチリンと叫ぶ。困るのは「上官」と言われることで、そのときは右手を挙げて敬礼をしなければならない。自転車はひっくり返って、またやり直しだ。

各班回りというのは基幹兵に命じられて他の班へ行き、自分の過《あやま》ちを報告して叩かれたりすることだが、これは陰湿でいけない。よその班の兵隊が来て、基幹兵にうるさがられて追い返されたことが一、二度あったような気がするが、うちの班ではそれはしなかった。

叩かれるより大変だったのは、脚を上げ体を斜めにした前支えの形で、顔の前に典範令を置き、ある項目の暗記をさせられることである。はじめはいいが、そのうちに疲れてくるから、ウンウンと唸《うな》りながら暗記どころではなくなる。

「覚えた者は立ってよし」——なんとか覚えたと思ってパッと立つと、頭に溜まった血がスーッと下がるから一遍《いっぺん》に忘れてしまう。「言ってみろ」と言われてもしどろもどろだ。「もう一度やり直し！」ということになる。完全に覚えるまでさせられるかというと、そんなことはない。ある程度時間が経てば、「明日中に覚えておけ」ということで終わりになる。

どんな辛いことでも（楽しいこともそうだが）、永久に続くものではない。それを短く感じるか長く感じるかで、人間の考え方もまた違ってくる。罰も説教も、初めは長く感じるが、馴れるに従ってたいていは記憶に残らないほどの速さで過ぎてしまう。

ここまで書いたら、面白いことを思いだした。私の班には衛生兵の基幹兵がいて、この人は朝早く医務室へ行って、夜遅く帰ってくるから、顔を合わせることも少ない。この人が医務室から持ってきた喉の薬が班に置いてあった。ルゴールと言ったか、赤茶けた薬でこれが滅法苦い。シュッ、シュッと吹きつけるようになっている。これを人にするのが好きな基幹兵がいて、私たちも一通りされたが、えらく迷惑だった。

よその班の兵隊が、用事があって来る。するとその基幹兵につかまる。態度が良ければよいで、悪ければ悪いで、それを口実に薬の噴射を受ける。

「口を大きく開けて、アーッと息を吸え」

要領を知らないから正直に吸い込む。すると苦い薬が喉の奥まで入って、目を白黒させている。「お世話になりました」と礼を言って帰る。その様子が面白いと言っては気の毒だが、人のことだから面白かった。

私たちは転属すると、そこでまた改めて初年兵教育を受けた。そのときの班長にこんなことを言われた。

「おまえら、ビンタを怖《おそ》れてどうなるか。バケツをかぶって各班回りなど、地方じゃできない。これは軍隊でなければ味わえないことだぞ。こんな面白いことがあるか」

言葉は正確に覚えていないが、こんな意味のことだった。「なるほど、それはそうだ」と、そのとき悟った。それからいっそう軍隊生活が楽しくなった。「初年兵は舎前に集まれ！」と集合をかけられるのが苦にならなくなった。整列して説教を聞いていると楽しくなって、思わずニヤリとする。見つかると、「ヘラヘラするな！」と一つ貰う。

殴られるのが怖いからなにかをしなかったり、またしたりするのは初めのうちで、それに馴れて自分の信念を曲げなくなると、一人前の兵隊が生まれる。

説教を受けながらも、この人は上手《うま》いとか、下手《へた》だとか、言葉遣いが間違っているとか、批判する余裕ができる。一体に説教の長い人は嫌われた。殴られても同じように、殴り方が上手いとか下手だとか批判している。

諄々と理のある説教をした。気の毒だが、この人は初年兵から嫌われた。学問もあるそうで、為になる説教よりも、なぜ殴られるのか判らないうちにポカポカと殴られて、それで終わりの方がありがたいのである。

叩くにしても、自分の拳以外は使わない人がいた。そうなると、殴られる方より殴る方が大変である。何人も殴ると自分の手が腫《は》れてしまう。そういう人は尊敬できた。

殴られはしたけど、私は可愛がられたように思う。私は一番年が若かったし、悪い意味での要領をつかわなかったからだと考える。つかわなかったというより、知らなかったと言う方が正しい。私は人に付いてゆくのが精一杯で、脇目をふる暇がなかったのである。

教育隊にいた頃、ある同年兵に「おまえはちっとも要領をつかわないなあ」と感心したように言われ、なんのことか判らなかった。みんな一緒に努力しているのに、そいつは違うのか？　と不思議な気がした。班内で一番基幹兵に殴られていたのはその男で、それは彼が要領をつかったためではないかと思う。

その後、私も軍隊生活に馴れて、要領ということが判り、要領をつかう人間の姿も見えるようになった。しかし、私は別にそういう要領をつかう気持ちになったことはないし、ほとんどの同年兵もそうだった。正常なことをしていてなんの支障もなかった。要領をつかうのはこれは人間性の問題であろう。軍隊の悪口を言いふらすのは、そういう人間かもしれない。

要領をつかうのは逆効果だった。そういう人間は古参兵に嫌われ、よく殴られていた。軍人勅諭を捩《もじ》って、「一つ、軍人は要領を本分とすべし」と言う奴がいるが、私が経験した軍隊生活では、要領は一番嫌われていた。この考えはいまも変わりがない。

駐屯地では内務が厳しいが、野戦へ出ると、内務が楽になる。だから初年兵は野戦へ出ることを喜ぶ。ジャワ島のマランに駐屯していた頃、先遣隊としてチモール島のクーパンに行っていた人達と、後日ラウテンで落ち合ったら、同年兵が古参兵と馴れ馴れしい口のきき方をしているのでビックリした。四角張った軍隊言葉は、実戦場では不便な点がある。自分たちもやがてそうなったが、前線では殴られることも活を入れられることも少なくなる。

ビンタは仲間と一緒に貰《もら》うことが多いが、個人的に貰うこともある。それらのことはほとんど忘れてしまったが、一つだけ覚えていることがある。ラウテンの東飛行場にいたとき、風呂当番が回ってきた。ドラム缶風呂を沸かす係である。用意ができると真っ先に中隊長が入り、その次は将校、下士官が都合を見て順番に入る。兵隊はあとだ。

用意ができたので、中隊長の当番をしていた同年兵を呼んで、湯加減を見てもらった。中隊長は心臓が悪いので、熱い湯へは入らないと聞いていたので。ちょうどよいということで当番が呼びに行って、中隊長が入浴した。

私の仕事はそれまでだったが、中隊長のすぐあとで隣の班の伍長が入ったらしい。夜、呼び出しを受けたので隣の幕舎へ行ったら、その伍長にえらく文句を言われて、ビンタを貰った。中隊長をぬるい湯へ入れたというのである。

「湯加減を見たか」

「はい、見ました」

「どうだったか」

「ちょうどよくありました」

説明すれば判ることだが、軍隊では言い訳をするのを嫌うから、黙って殴られていた。いくつ殴るかな、と勘定していたが、間に合わなくて忘れてしまった。幕舎へ帰ってから、すでに寝ていた班の先任の古参兵に報告しておいた。

翌日、伍長が謝《あやま》った。古参兵に文句を言われたのである。軍隊では、メンコの数が物を言うから、公務でないかぎり古い者は階級に関係なく、同年兵以下の者には文句を言う。——謝ってすむ問題ではなかろう、と言うのは地方人の考え方で、兵隊は叩かれることをなんとも思わなくなっているから、むしろ謝る下士官の方が辛かったであろう。

私たち十六年の前期は頭数が多かった。新しい初年兵が来ないから、いつまでたっても初年兵だった。新しい初年兵が来ないのは、途中で輸送船が沈められてしまうからである。一度は人事の係がシンガポールまで迎えに出張したが、手ぶらで帰ってきた。われわれは戦地に来ていまだに初年兵だが、教育隊に残った者は半年もしないうちから古参兵面して、新兵に気合をかけているのかなあ、と噂しあって可笑《おか》しかった。

野戦でルーズになったとはいえ、時折は集合がかかって気合が入れられる。もちろん受けるのは万年初年兵のわれわれで、するのは古参兵や下士官である。緊張感などなくなって、節目々々に「ハイッ」と大きな声を揃えればいいことになっている。蚊が飛んできたときは追い払っていいことになっているから、下手な話のときは耳のあたりを手で払ったりする。こんな理不尽のような、無駄なような集合でも、これがまるっきりなくなったら軍隊らしくなくなって、淋しくていけない。

戦友で運悪く本隊に見捨てられ、ニューギニアやフィリッピンで山奥に追い込まれて、飢えと病気で死んだ者が何人もいるが、その友たちは死ぬ前には、整列して気合を入れられたことさえ懐かしく思ったかもしれない。

敗戦後、日本は経済的にはよくなった。贅沢になり平均寿命も伸びた。そんな世の中で、学校のクラブ活動で新入生が死んだということが何度かあった。山岳部とか柔道部とか、運動部での訓練中の事故である。そんな新聞記事を見るたびに、「軍隊なら、こんなことはなかったろうに」と私は思った。乱暴で過酷に見えながら、軍隊の訓練の方が遙かに合理的で、気配りがなされていたように思う。

員数について

軍隊では「員数」という言葉が四六時中ついて回っていて、兵隊はそれから逃れられない。員数が合っていれば安心で、もし合わないことでも生じたら大変である。

しかし、これは軍隊に限ったことではないと思う。役所や民間の会社にしたって、備品などには帳簿があり、それが紛失したりすれば管理者は責任を問われることになる。

軍隊が民間と違っているところは、褌《ふんどし》以外は全部官給品ということである。おまけにその中には兵器まで含まれていて、場合によっては戦争に支障をきたす恐れさえある。だから員数の保持も厳しくなるのは当然である、と言っていい。

しかし、あまりにうるさいと形式的になる、という穴ができる。

教育隊にいたとき、食事当番をしていたらメンコが二つ足らなくなった。ついでに言うと、軍隊では食器のことをメンコと呼び、メンコの数が多いと言った場合は、軍歴の長さを示すことになる。員数が合わないと、次の当番に申し送りができなくなる。困ってしまった。内地の教育隊だから員数は正確で、どこにだって余分な物はない。どこかの班から員数をつけてやろうかと思ったが、中隊内で昼間のことだからそれは難しい。もう一度ついでに言うと、泥棒することを、員数をつける、というのである。

思案に暮れて、隣の中隊の回りをうろうろしていたら、裏の出入口の庇《ひさし》の上にメンコが二つ載っているのを見つけた。あたりを見回して人のいないのを確かめ、そいつを失敬して無事申し送りを終えた。あんなに有難かったことはなかった。

なぜ、そんなところにメンコが置いてあったか？　考えても判らない。特に信心はしていないのに、優しい神様か仏様がいて助けてくれた、ということにしている。

チモール島のラウテンで東飛行場から西飛行場に移ったばかりのとき、土木作業に駆り出された。チモール島にはサボテンが多かった。サボテンといっても園芸用の物とは違う。屋根に届くほどの大きさで、場所によってはそれが密生している。休憩時間に巻脚絆を解いてサボテンの根方に置いていたら、知らぬ間にブルドーザーが来て、そのサボテンを攫《さら》ってしまった。当然、巻脚絆も捲《ま》き込まれて、どこへ行ったか判らない。これには参った。普段はいいが、もし非常呼集でもかかったらどうしよう……。

それから毎日、暇を見てはサボテンの残骸と土の山を掘った。一週間以上経って、やっと巻脚絆を掘り当てたときは嬉しかった。すでに腐食が始まっていて、使用できる状態ではないが、とにかく員数がありさえすれば一安心だ。それからどうしたか記憶にないが、多分死んだ仲間の被服など返納するとき交換したのかも知れない。

セラム島で飛行戦隊に転属したが、戦隊では員数観念が薄いので驚いた。員数外の品も少なくない。本来、空中勤務者以外は持っていないはずの落下傘袋を、多くの下士官が持っている。これは大きな手提《てさげ》バッグのようになっており、衣類や私物を入れて持ち運ぶのに便利である。私も是非欲しいと思ったが、兵隊では手に入らなかった。それから機付長クラスの下士官になると、たいてい航空時計を持っていたが、これは元来、操縦席の計器板に付いているものである。この時計にも憧《あこが》れていたが、土台、無理な願いだった。

員数外の傑作は飛行機だった。双発の爆撃機が一機余っているのだから、物が大きい。シャツや靴下などとは比較にならない。これは廃棄処分になった何機かを集めて可動機を一機作ったのかも知れないが、詳しいことは知らない。師団の検査があったとき、員数外の飛行機は、よその飛行場へ飛ばせて隠していた。

飛行戦隊が大隊に較《くら》べて員数観念が薄いのが、やがて判った。——どこかで飛行機が落ちる。すると兵器係や被服係のところへ、落ちた飛行機にあれが積んであった、これも載っていた、という申し立てが来るそうで、それが認められると員数が消される。場合によっては員数外ができることになる。「言ってくるのを全部積んでいたら、重くって飛行機は離陸できやしないよ」と、係が言ったというような笑い話が残っている。

絶対によそから員数をつけられない物もある。それは帯剣と認識票である。帯剣は入隊したとき支給された物を、兵隊である間はずっと持ち続ける。小銃などは交換したり返納したり、ということがあるが、帯剣だけは最初から変わることがない。生涯連れ添う女房のようなものである。だから大事に大事にしなければならない。女房の名前を当然覚えているように、帯剣番号もおぼえている。

認識票というのは、真鍮《しんちゅう》で小判型をしていて、その人の認識番号が打ってある。いわば迷子札のようなもので、たとえ草むす屍《かばね》となっても、その認識票があれば姓名が判る。他人のものを盗んでくるというわけにはいかない。これは肌身離さず持っている。兵隊だった頃は自分の認識票の番号を諳《そら》んじていたが、いまは全然記憶にない。

戦争に負けてからは、員数なんて言葉はどこかへ吹き飛んでしまった。人間の数さえ合わなくなってしまった。

輸送船

その頃流行《はや》っていた歌に、こんな言葉があった。

♪歓呼の声や　旗の波……。

これから戦場へ出発するからには、そのような国民の期待と惜別があるものと思っていた。

私たちは広島の大竹港に集合した。海辺にぎっしりと整列して待機していた。小舟が近づいて来た。あれに分乗して親船に乗り移るものと思った。ところが、その舟が沖に向かって走りだすと、私たちの立っていた地面が動きだしたのである。なんと、それは巨《おお》きな浮き台だった。——見送りの人もなく、旗もなく、音楽もなく、私自身の気持ちのふんぎりもつかないうちの、あっけない別れだった。

輸送船という言葉を聞くと、反射的に出てくるのは「暑かったなあ！」という思いである。特に初めての航海は暑かった。それまで経験したことのない暑さだった。若いから堪えられたのであろう、といまは思っている。

輸送船も、器材を運ぶのが主目的で、人員はそのついでという形と、人員だけをギューギュー詰め込む場合と、それぞれあるに違いない。

私たちの乗船したのは七〇〇〇トンぐらいの、たしか「イタリア丸」という船だったと思うが、確信はない。とにかく兵隊が溢れるほど乗っていた。それも初年兵がほとんど。船倉に蚕棚《かいこだな》のような段をたくさん造り、そこに兵隊が鮨詰《すしづ》めになる。天井が低いから座っているのが精一杯で、立つことはできない。風を取り込むために、甲板から船倉へ吹き流しのような布の筒が垂らしてあるが、向かい風で航行しているときでないと、あまり役に立たなかったようだ。

大竹港を出帆した船は、いったん門司港に寄り、それから台湾の高雄に碇《いかり》を下ろした。そこで船団を組み目的地へ向かったが、海が荒れて航行できない。出航したが引き返し、また出航して引き返し、三度目に強行出帆した。と、これは噂で聞いただけで、情況の説明などない。兵隊はただあなたまかせで乗っているだけである。

船は舳先《へさき》を空中に突き上げたと思うと、次の瞬間には尻を波の上にさらけだし、スクリューが空転して振動が船を揺する。船に乗るのは初めてだったので大いに驚いた。しかし、私は船酔いに苦しむことはなかった。七〇〇〇トン以上の大船なら、自分は酔わないという自信を得た。一万トンの大船で波平らかな海を航行したのに、船酔いに苦しんだという人に較べれば、これは倖《しあわ》せなことである。――その後の経験で知ったことだが、私は沿岸を航行する小型の舟にはすこぶる弱いのであった。

荒れた海を過ぎると、穏やかな海の日が続いた。貴重品袋を首からぶらさげて、裸で甲板に出ると生き返った気分になる。全員が甲板に出ようとすれば大変なことになるから、甲板へ出ることは禁止されていたように思う。しかし、咎《とが》める者もいなかった。

古い貨物船なので、甲板は雑然として汚かった。甲板を黒い豚がチョコチョコ走り回っていた。黒い豚を初めて見たが、それは黒豚ではなく、汚れて黒いのだった。

私たちの船に、乞食のようなボロ服を着た異様な一団がいた。私たちは戦地へ行くために新品の服を着せてもらったが、彼らは反対にボロ服に着替えさせられたというのである。どうせ死ぬんだから、新しい服はもったいないとでも思ったのだろうか。向こうの部隊で着替えさせて貰え、とも言われたそうだが、前線に被服が余っているわけがなかろう。

どこの部隊から来た初年兵だったか聞かなかったが、隊長の精神を疑ってしまう。他の部隊が皆、新装をしている中で、乞食のような恰好《かっこう》をさせられて戦地へ行かなければならない兵隊は、さぞ恥ずかしかったことであろう。喜んで死ぬ気にはなれなかったかも知れない。

まったく陸の見えない日が続いた。甲板で水ばかりの海を見続けても厭《あ》きなかった。海にはそういう魅力がある。たまにはイルカが船と競争して泳ぐことがあった。大魚に追われているのか、トビウオが次々と波間から現れては空中を飛翔していた。そうかと思うと、畳のような大きな亀がのんびりと浮かんでいたりした。

いまどこを走っているのか、兵隊は知らない。知らなくても差し支えなかった。疑問を感じたり退屈することはなかった。

後甲板に旧式の小さな大砲が取りつけてあって、上半身裸の兵隊が数人で毎日扱う練習をしていた。潜水艦でも現れたら撃つつもりなのか、それとも飾りだけの大砲を使って訓練しているのか判らない。きびきびとした掛け声と動作だった。とにかく砲兵の教育を受けた初年兵らしかったが、何千人乗っているか知らないこの輸送船の中で、兵隊らしいことをしているのは彼らだけだった。

教育隊での教育が終わるころにはこう思った。「もしいまこのままで除隊したら、地方では模範青年になるだろう」――それほど私たちは四ヶ月の訓練で入隊前とは人間が変わっていた。規律正しく、礼儀を重んじ、行動は活発で骨惜しみせず、とまあ褒《ほ》め過ぎのように聞こえるが、嘘ではない。

ところが、その張り切った青年も、輸送船の中で暮らすうち、大いに弛《たる》んでしまったのである。軍隊といっても部隊編成ではないから、隊長もいず、班長も古参兵もいない。大量の初年兵を輸送するについては、引率者がわずかにいるだけだった。朝、点呼まがいの人員調べがあるだけで、あとはなんの用事もない。狭くて暑いだけの船倉に、裸で、汚れた越中褌一枚で閉じ籠められていれば、せっかく仕込まれた軍人精神もどっかへ消えてしまうというものだ。

高歌放吟、罵声《ばせい》。昼は毎日、散会直前の宴会場のような騒ぎがあちこちであって、歌はほとんど軍歌か卑猥《ひわい》な俗謡か替え歌である。私の近くの集団で、「ヤースケドッコイエッサッサ」という掛け声の歌をうたう連中がいて、それは四教の歌だと教わったが、私は聞いたことがなかった。他の中隊では歌っていたのかも知れない。面白い歌なので覚えてしまったが、これは披露することができないのが残念だ。

夜はさすがに静かになる。通路のところどころに裸電球がぶら下がっているだけだから暗い。たまに不寝番に当たり、懐中電灯で照らしながら回ると、汗と垢にまみれた裸体が装具に倚《よ》りかかってゴロゴロ転がっている。越中褌が外《はず》れて、中身が剥《む》き出しになっている奴がいる。親孝行な息子が不寝番のつもりで突っ立っている。「オイ、オイ」と注意してやるが、帰りに見るともうさっきと同じだらしない姿で眠っている。

高雄を出て幾日目か覚えていないが、陸地が見えて、やがて船は河を遡航《そこう》しはじめた。

灰色の水がゆったりと流れ、七〇〇〇トンの輸送船が岸近くを進んでいる。日本にはこんなに広くて深い河はない。沿岸には灌木の上に椰子の木が葉を茂らせていた。——ああ、南方へ来たんだ、という思いを深くした。懐かしさを感じた。初めて見る風景がなぜ懐かしかったのか、その辺りのことは判らない。椰子の木にはそういう雰囲気があるのかも知れない。誰かが聞いてきて、「メコン河だ」と教えてくれた。「サイゴンへ寄るそうだ。上陸できるかも知れない」

船はサイゴンに一日か二日碇泊したが、上陸はできなかった。その代わりというか、船の周《まわ》りには物売りの小舟がたくさん寄ってきた。長い竹竿の先に籠をくりつけてあって、それを甲板の手摺《てすり》のところまで上げてくる。その中に金を入れてやると、いったん下ろしてから注文した品を入れて上げてくる。金は日本の金が通じた。買うことは禁じられていたが、みんな気にせず買っていたようである。しかし、兵隊の所持金は少ないから、好きな物を好きなだけ買うというわけにはいかない。

「おれたちもバナナを買おうか」

私たち数人の仲間が相談しているとき、一人がこう言った。

「バナナなんて、ありふれた物はよそう。はるばる南方へ来たんだから、内地では食えなかったものを食おうではないか。おれはパパイヤが食いたい。これは最高に美味《うま》いらしい。なにしろ『パパイヤは薫る』という言葉があるくらいだから」

初めて南方の風景に接した若者には、「パパイヤは薫る」という言葉が甘い誘惑となった。私たちは金をその男に託した。男は大きなパパイヤをいくつも抱えてかえってきた。さあ食おうと一つを切ってみたら、臭くて誰も食えない。言いだした本人も顔をしかめる始末だった。

「仕方がない。あいつを騙《だま》してバナナと取り替えよう。さっきバナナをいっぱい買っていたから」

多少責任を感じたか、その男はやがて一人の男を連れてきた。そして交換が成功するかな、と思ったとき、相手は隠していた喰いかけのパパイヤを見つけて、鼻に当てていたが、「チェッ、こんな糞臭いものが食えるか。畑の大根じゃあるまいし、糞食って育ったんじゃねえよ」

と悪口を言って帰ってしまった。

あの結果はどうなったのだろう。パパイヤは捨ててしまったのか、我慢して食ったか、それとも誰かにやってしまったか、その記憶がまったく残っていない。仲間の名前も忘れてしまった。ただ口惜しかったことだけを覚えている。

私はその後ずっと気をつけているが、「パパイヤは薫る」という言葉を見聞きしたことがないのだった。

いつの日か覚えていないが、私は突然、腹痛に襲われた。あれは胃痙攣《いけいれん》という病気ではなかったかと思っている。とにかくのたうち回るほどの苦痛だった。仲間が上甲板にある医務室というところへ運んでくれた。狭い部屋に数人の人がいたが、なにをする人たちなのか、お互いに話をしていて、私を見向きもしなかった。医者はいないし、衛生兵らしき者もいなかった。私は背をそらしたり丸めたりして苦痛に堪えていた。ずいぶん長い時間だったように思うが、確かなことは判らない。徐々に痛みが薄らぎ、やがて治まったので私は自分の場所へ帰った。

八月の初めに船はシンガポールに着いた。一月ぶりに私たちは大地を踏んだ。そこで初めて白い細長い外米を食ったが、腹が減っていたにもかかわらず、残してしまった。臭いが鼻をついて食えなかったのである。

迎えの車が来るまで、私たちは波止場に座っていた。広い道路を隔てた向こう側に石炭の山が積んであったが、その前に黒人が一人、裸で立っているのを、しばらくの間、気がつかなかった。黒人を見るのは初めてだったので、私は少し驚いた。

トラックの荷台へ乗って私たちは宿舎へ向かった。途中、捕虜が仕事をしているのを見た。彼らは上半身裸だった。日本人は日焼けすると黒くなるが、西洋人は赤くなるのか、とそのとき知った。

敵サンの捨てていったテンガー飛行場の宿舎に入った。そこで私たちはそれぞれの部隊から迎えの来るのを待っていた。

一週間ほどして、第三十五飛行場大隊から迎えの係が来た。私たちはその人に引率されて、ふたたび輸送船に乗り込んだ。どんな船だったか覚えていない。八月の中旬にジャワ島のジャカルタに到着。緊張して船を下りた。輸送船とは当分の間、お別れとなった。

途中、警戒していたには違いないが、私たちの船団は一度も敵の襲撃を受けることなく、無事、目的地へ着いた。これはまだ昭和十七年代だったからよかったことで、翌十八年の後半からは、たいていの船が敵の潜水艦や飛行機の攻撃を受けるようになった。船が沈没し、泳いで助けられたという経験を語る人に何人も会った。

バンドン

ジャワ島のジャカルタに上陸して、それから薪《まき》を焚いて走る汽車に乗ってバンドンに着いた。そこに私たちの部隊が駐屯していたのである。

私たちは各班へ配属されることなく、初年兵だけが別の建物に住まわされた。それも営内ではなく、営門を出て道路の反対側にある、オランダ人が住んでいたという、赤い瓦屋根の洒落《しやれ》た家だった。私たちはそこで改めて初年兵教育を受けることになった。

朝の点呼は衛兵所のある営門を通って、営内の広場で受ける。最初の朝、上着を着ないで点呼に出た者が何人もいた。驚かれたり、叱られたりしたが、これは弛んだ所為《せい》ではなく、南方では上着を着なくてもいいらしい、という思い込みがあったのである。私は着ていったが、それは何気なく着用しただけだった。

初年兵の教育係は班長一人、古参兵三人だった。昼間は初年兵と一緒に生活しているが、寝るときは各自の班へ帰ってしまう。したがって夜は初年兵の自由だ。

この班長は「ビンタ・など」の項で書いたように、軍隊生活の面白さを悟らせてくれた人だが、いまその名前を思い出すことができず、残念である。軍曹だったと、階級だけ憶《おぼ》えている。この人の性格をなんと表現したらいいか難しい。思いつくままに言うと、大変な張り切り屋だった。その一方では無頓着で出鱈目《でたらめ》で、細かいことにこだわらない行動的なところがあった。その一番特徴的なのが朝の点呼だった。

営門を駆け抜けて、私たちは舎前の広場に行く。一小隊、二小隊、三小隊と並んだ末尾に並ぶ。互いに見交わして、人数が足らないことに気づく。誰かが点呼に出てこないのである。そんなことがときどきあって、私たちは不安だった。しかし班長は平気だった。少なくともそう見えた。

「初年兵分隊（といったかどうか記憶にない）総員××名、事故×名、現在員××名。番号！」私たちは大きな声で番号を唱える。「事故の×名は就床！」と班長は言って、それで終わりである。まごついたことなど一度もない。

点呼に出なかった奴は病気でもなんでもない。そのほとんどの理由は略帽がどこかへいってしまったからだった。戦地では軍帽は着用しない。略帽を被っている。略帽というのは俗に戦闘帽と呼ばれる物で、畳めばペチャンコになって嵩張《かさば》らない。室外ではかならず着用することになっているが、室内では脱《ぬ》いでいる。いろいろ動き回っていると、うっかりどこかへ置き忘れることがある。一個しか支給されていないから大変だ。

前述したが、私たちは普通の住宅のそれぞれの部屋に分散して住んでいた。内務班のように整然としていないから、持ち物がどこへいったか判らなくなって捜すことがある。起床ラッパが突然のように鳴ると、聞いた者は口々に「起床、起床！」と叫びながら飛び起きる。点呼に出ようとすると略帽が見当たらない。必死になって捜す。やっと見つけたときは、すでに誰もいない。そこで点呼をさぼって部屋に隠れている。不安で落ちつかないことだろう。点呼が終わって仲間がドカドカと帰ってくる。ホッとする。寿命が縮んだと思う。

朝食のときは班長も古参兵も来て、全員揃って食事をするのだが、班長はなにも言わなかった。

かく言う私も、略帽が見当たらなくてウロウロしたことが何度かある。点呼をさぼったことはないが、とにかく略帽を見失うのは本当に困る。そこで二つあればと思って、後日外出のときパッサル（市場）でミシン仕事をしているインドネシア人に、これと同じ物を作ってくれと頼んだら、ティダビギン（出来ない）と断られてしまった。彼らに作ってもらえるのは、せいぜい越中褌ぐらいのものだった。

夜はよく集合がかかって、気合を入れられた。室内は狭いから場所は路上である。一般の人も通る道だから現地人に見られたら恰好が悪いが、夜のせいかほとんど人通りはなかった。班長は帰ってしまって、説教するのは古参兵だった。どんなことを言われたか、全然憶えていないから書きようもない。叩かれたのはもっぱら平手か拳骨で、用具は使用されなかったように思う。

道路の斜め向こう側の衛兵所では、電灯の下で衛兵が威儀を正して腰掛けているのが見える。その反対側には垣根の向こうに下士官志願者の宿舎があって、厳しい教育が行われていた。凄まじいと思われるほどだった。下士官志願をしなくてよかった、と思ったくらいだった。

一通りの説教が終わると、古参兵は帰ってしまうから、それから消灯までが初年兵の自由時間となる。

ずっと後に、初年兵分隊が解散されて私たちは各小隊に配属され、班長とは別れてしまったが、同じ中隊なので、ときどき姿を見かけることがあった。なんの病気か医務室へ通ったりして、ただのぼんくらな下士官にしか見えなかった。指導助手だった古参兵にしても似たようなもので、兵隊は、兵隊ばかりでなく人間は、任務を与えられると生まれ変わったように張り切るもののようである。

バンドンは気候のいいところだった。オランダ人が避暑地としていたということで、高級住宅地だったかも知れない。そのことを葉書に書いたら、防諜上そんなことは書いてはいけない、と注意を受けた。

　炊事の給与が素晴らしくよかった。鶏の丸煮なんてものを初めて食った。見るのさえ初めてである。たしか二人に一羽宛だったと記憶しているが、どうだったんだろう。これがときどき出る。飯はシンガポールで初めて食った白い外米だが、すっかり馴れて臭いは感じなくなっていた。

　量の多い副食のほかに、加給品が支給される。毎日ではないが、煙草、果物が食事のほかに支給される。こういう物は教育隊ではなかったので、儲《もう》け物をした気になった。

　煙草は、本来なら私は喫《の》んではいけない年齢であるが、兵隊ともなれば大威張りだ。しかし、私はまだ煙草のみにはなっていなかったので、戦友にやってしまい、演習の休憩時に一本、貰って吸ってみる程度だった。

　果物ではパパイヤがよく出た。黄色いのばかりでなく、オレンジ色したものまであって、バンドンはパパイヤの産地かしら、と思ったほどだった。幸せなことに臭いはまったく感じなかった。サイゴンのパパイヤと違って、バンドンのパパイヤは臭いが薄いのか、それとも鼻が馴れてしまったのか、その辺りのことは判らない。多分、後者であろう。

　バナナもときどき出たが、形もいろいろある。普通の大きさのほかにモンキーバナナというのがあって、小さくて可愛い。口の大きな者なら一口に食える大きさだ。大きいのではピサン・ラジャというのがあって、直訳するとバナナの王様ということになるが、死神が担いでいる鎌を連想させるような形をしていて、味はよくない。それでも古参兵がそのバナナを翳《かざ》して「煙草と取り替えてやろうか」と言うと、喜んで交換して貰ったものだった。

あるときマンゴスチンというのが配給になった。小振りの温州蜜柑ほどの大きさで、茶褐色の固い殻に覆われていて、見たこともない。剥《む》くと中には白い身が蜜柑の房のように並んでいて、臭いもなく、淡白で美味である。聞くところによると、オランダの女王がこれを食され、褒《ほ》められたということで、「女王の果物」という愛称がついているそうである。その後、お目にかかっていないので、どんな木に生《な》るのかも知らない。

バンドンの炊事は、予算を遣《つか》いきるためにあとからあとから御馳走をくれる、という感じさえした。そのうえ、こんどの初年兵は体が弱いからと上の指示があったらしく、初年兵にだけ特別食が夕方配られた。アンパンぐらいの大きさのパンを輪切りにして、バターと砂糖を練ったものが厚く塗ってあった。私たちは、教育隊にいたときのような空腹を感じることはなかった。

並業の訓練が少しあって、その後はずっと特業の教育だった。これには三十五飛行場大隊の協力戦隊である飛行第七十五戦隊の初年兵も参加していたように思う。特業の教育は飛行場の格納庫内で行われるので、そこまで徒歩で行進して行く。沿道にバナナの木があって、まだ青い実が生っていた。通るたびにそれを見上げて嬉しかった。宿舎からどれほどの距離があったか忘れてしまった。私たちは機関工手でそのほかの特業も何人かいたわけだが、その者たちはどこでどんな風に教育を受けていたか全然思い出せない。

特業教育の長はなんとかいう軍曹だったが、この人は名目だけで、実際の指導をしてくれたのは、小橋という上等兵だった。この人については別に書きたい。

教育隊と違って、実戦部隊では教材が豊富だった。本物のエンジンを分解し、組み立てながらの講義だった。しかし、私たちのレベルは教育者の意に沿わなかったようである。

「今度の初年兵は覚えが悪いなあ」と嘆く声を聞いた。これは短期教育のせいだろうと思う。いちばん頭に入る最後の二月を切られてしまったのだから已《や》むを得ない。

飛行場からの帰り、よくスコールに遭《あ》った。雨期に当たっていたようである。南方では気候は乾期と雨期に大別されるが、同じ雨期といっても地方によって雨の降り方が違う。バンドンの雨期は陽性だった。

飛行場から帰る途中、ふと見ると空の隅に真っ黒な雲があって、こちらへ進んで来る。それ逃げろ！　の掛け声で算を乱して駆ける。運よく宿舎に辷《すべ》り込めればよいが、二十メートルも遅れればアッと言う間にずぶ濡れになって、駆け足が無駄になってしまう。そんな激しい雨も長くは続かない。黒雲の後には蒼空がついてきて、嘘のような晴天になる。濡れた衣服も、干しておけば夕方までには乾く。

初年兵分隊の風呂はドラム缶だった。庭の隅に造ってあって、水の交換や焚きつけなど、インドネシア人の苦力《クーリー》がしてくれたような気がするが、はっきり憶《おぼ》えていない。その近くにパパイヤの木があって、いくつもの実がぶらさがっていたが、まだ熟《う》れていなかった。パパイヤは下の実を採ると、上へ上へと生り上がってゆく。一本あると家族に足りるという話を聞いたが、真偽のほどは知らない。バンドンでは炊事から出る加給品だけで十分だったので、庭のパパイヤの実に爪を立てるようなことはしなかつた。

いま思い出しても苦笑するようなことがあった。ある日、引率されて街のプールへ行った。田舎者だからプールなんか知らない。初めて見たが綺麗な設備だった。スタイルのいいオランダのご婦人なども泳いでいて、眩《まぶ》しいくらいだった。そこでわれわれ兵隊どもは、越中褌をぶら下げて巫山戯《ふざけ》回《まわ》っていた。みっともないことおびただしい。このことが上の方に聞こえて、引率者は叱責されたらしい。外国のご婦人の前にだらしのない姿を晒《さら》すな、というわけである。

街のプールが禁止になって、次に連れて行かれたのはひどいところだった。周囲には人家もないような場所で、コンクリートも打ってない、プールというより池というべきだった。水際には雑草が生えている。水も汚い。そんなところは嫌だから入らなかった。入った者もすぐ上がってきた。その中で泳がされていたのは、一緒に行った下士官候補の教育を受けていた古参兵で、気の毒にも池の中をぐるぐる回って泳がされていた。「今度は横泳ぎ。右上！」とかサイドから叱咤されて、苦しそうだった。

ついでに言うと、海軍のことは知らないが、陸軍の体操教範に載っている泳ぎの形は、平泳ぎ、背泳ぎ、横泳ぎの三つである。水泳というのは長く水の上に浮いているのが第一の目的で、速く進むことではない。現在の水泳は、スピードを競うことのみに専心しているように見受けられる。


九月一日付けで、私たちは全員星二つの一等兵に進級した。俸給に関しては、一等兵は二等兵と同じだった。会社勤めにたとえれば、二等兵は見習社員で、一等兵は新米正社員のようなものである。上等兵になって初めて兵隊らしく扱われる。

星が一つ増えるというのは嬉しいものである。もし星一つの兵隊に逢えば、向こうから敬礼してくれる。不思議な気持ちさえする。外出したとき一度、地上部隊らしい他部隊の二等兵から敬礼された。それきりで、隊内では私たちが一番下だから、ひたすらこちらから敬礼するだけである。

一等兵になってしばらく後、初めて外出が許可された。班長が外出して必要なマレー語（インドネシア語）を教えてくれた。それを手帳に書いて大切にポケットに仕舞った。立入禁止区域という場所があるらしく、そんなところへ行かないようにと注意を受けた。

外出が許されたといっても、初めての外国の街ではどこへ行ったものか判らない。仲間の一人と、「パッサル（市場）へ行ってみようじゃないか」ということで、ペチャに乗った。あやふやな記憶だがペチャというのは、日本でも終戦後に流行った輪タクのことである。乗物としては、そのほかにチンチン鈴を鳴らして走る馬車があった。馬も車も小さい。これをなんと呼んだか忘れてしまった。

パッサルへ着いて見物したが、その壮観さに二人とも驚いた。まるで果物の国へ迷い込んだようである。「ヘイタイサン、ヘイタイサン」と呼ばれてことのほかもてた。若い女の売り子が、「アジミル、アジミル」と言ってバナナなど差し出す。あちこちで貰ったものを食っているうちに、腹いっぱいになってしまった。

最初は、バナナでも土産に買ってかえろうかなど考えていたのだが、パッサルで買うとなると、腕木一本ごと買わなければならない。腕木には二十数本の房が四つ五つついている。兵隊の小遣いでも楽に買える値段だが、そんな大きな物を担いで帰るわけにはいかない。結局、なにも買わずにパッサルを出たが、そのあとどうしたか憶えていない。多分レストランでコーヒーでも飲んで早めに帰営したのであろう。バンドンにおける外出はその一回だけだった。

バンドンでは一度、衛兵勤務をさせられたことがあった。衛兵は警備中隊の受持ちだが、なんだかの記念日でオランダ人が暴動を起こすかも知れないというので、警備中隊は飛行場の警備に専心し、衛兵勤務が初年兵分隊に割り当てられたのである。私はその一人に選ばれ、緊張して任務に就《つ》いた。班長や古参兵の班からたくさんの差し入れがあった。私はそのコーヒーを飲み過ぎたせいか一睡もせず、動哨のときは銃剣を小脇に抱え、誇らしい気分で現地人を見ながら歩いた。心配したなにごともなく、夜が明けた。

初年兵教育が終わると、私たちは各小隊に配属された。私は三小隊だった。

その前に、私たち同年兵の中から、他の部隊へ転属させられる者が出た。体力のない者を含めて、成績の悪い順に選ばれたらしい。せっかくそれまで苦労を共にしてきたのに、別れてしまうのは悲しいことだったが、後に噂で聞いたところによると、その仲間たちは「三十五飛行場大隊から来た」ということで、好感をもって迎えられたそうである。三十五飛行場大隊は躾《しつ》けがよい、という評判があったらしい。

各小隊へ配属され、私たちは三度目で本当の初年兵になったわけだが、部隊はそのときマラン飛行場に移動を開始していたので、慌《あわただ》しい毎日だった。飛行場大隊の移動は、飛行戦隊の移動に比べると遙かに大変な仕事なのである。バンドンにおける内務生活の覚えがまったくないから、短い期間だったのだろう。

マラン

ジャワ島は東西に細長い形の島で、バンドンは西の端の方にあり、マランは反対に東の端の方にある。詳しい作戦のことは初年兵には判らないが、部隊が戦隊と一緒にマランへ移動したのは、チモールやニューギニアに近いためかも知れない。すでに先遣隊はチモール島のクーパンに前進していた。

私たちが移動した頃、マランの飛行場はまだ宿舎の設備が完全に修復されていず、水道の出が悪かったりして、困ることがあったが、やがて正常になった。マランはバンドンと同じく高地にあって、涼しい処だった。夜は蚊帳を吊った中で官給品の腹巻をして寝たが、汗をかくこともなかった。

マランは駐屯地なので、勤務は内地と同じだった。したがって内務も厳しかった。その中で私たち十六年前期兵の、本当の初年兵生活が始まった。これまでは古参兵は教育係の数人しかいなかったが、これからは古参兵の数の方が多い。

当時十三年の後期兵がいたように思うが、この人たちはやがて満期となって隊を出て行った。ただし途中で召集されて、内地の土を踏めずに前線へ逆戻りしたそうである。十四年の前期兵も似たようなもので、満期準備のためマランへ集結したものの、沙汰止みとなってニューギニア作戦に送られたが、これは後の話。

最後まで私たちにとって最古参兵だった十四年の前期兵は、数が多かった。結束して古参兵と争ったという話が残っている。優秀な人材もおり、貫禄があった。数でいえば私たち十六年の前期兵は一番多くて、初年兵ながら隠然とした勢力があったように思う。お陰で最後まで食事当番がついて回ったのだが。——これに反して、十五年兵は前期も後期も数が少なかった。それなりに苦労したであろうに、後輩の十六年兵が多く上等兵になっても、まだ一等兵のままという人がいた。

私たちは教育隊で絞られたお陰で、典範令の暗記にはすぐれていた。夜、十五年兵が典範令を見ながら教育をしていたら、古い者に「典範令を見ながら教育するとはなにごとか！」と言われて困っていた。気の毒だった。

しかし内務に関しては、食器の扱い方から作法まで、すべてこの人たちに改めて教わったのである。

映画などで見ると、班長や古参兵が食事のことで初年兵に当たり散らしたりしているが、私の経験した限り、そんなことはなかった。班長や古参兵が食事のことで初年兵に文句を言うことはなかった。並べられたものを黙って食っていた。そんなことを口に出すのは沽《こ》券《けん》にかかわる、というプライドを持っていたようである。初年兵に至らない点があると、二年兵に苦情がゆく。——もっとしっかり教育せい……、というところである。

私は二年兵の味を知らずに軍隊生活を終えたが、上と下との間に挟まった二年兵は大変だったろうと思う。初年兵は気がきかなくて動作も鈍く、自分でやった方がましだ、と思うことが再々あったかもしれない。初年兵としては一所懸命やっているつもりだが、まだ未熟である。言われる通りにできない。私も初めは、二年兵は無理を言うと思ったが、熟練すればそれは少しも無理なことではなかった。

熟練すればできる、という例を一つ言うと、私たちは食事当番を長くやったので、そのことでは名人芸に達した。各地を移動すると、炊事班から上がる食函が様々である。一目見て三十人分なら三十個のメンコへそれをよそってゆく。最後のメンコでピタリ一粒も残らず、取ったり足したりすることがなかった。——自慢できることがないからこんなことを言うが、手柄になることではなく、勲章も貰えない。

参考までに洗濯のことを言っておくと、褌だけは自分でするものだった。班長、古参兵といえども、褌の洗濯は人にさせない。これは教育隊のときから同じだった。班長当番になって洗濯物を貰いに行き、褌まで貰おうとして叱られたことがある。長い初年兵生活ではいろいろなことをしたが、他人の褌の洗濯だけはしたことがない。ただし、うんと偉くなるとこの限りではないようで、司令部の方の当番勤務をさせられていた同年兵が帰ってきて、「閣下のさるまたはこーんなに大きい」と手振りを交えて話したときは笑ってしまった。その同年兵は体の小さい男だったからである。

私の所属した第三十五飛行場大隊というのは、飛行第七十五戦隊の協力大隊だった。飛行戦隊というのは飛行機を飛ばすのが仕事で、そのほかのことはなにもしない。飛行場の警備を受け持って、燃料、弾薬、その他の器材の面倒から飯の世話までしてやるのが飛行場大隊で、両者の関係は腕白亭主に世話女房といったところである。この関係を円滑にするため、大隊長より戦隊長の方が位が一つ上になっている。

よく見かけた光景だが、戦隊の空中勤務者は出張などで出かけるとき、航空長靴の中へ箸箱を突っ込んで、それだけでどこへでも飛んで行く。向こうの飛行場へ着けば、食事の世話から寝所の心配までしてくれる大隊がいるから、それですむのである。

その頃、七十五戦隊は一部の兵力をチモール島のクーパンに派遣して、哨戒や船団援護をしていたが、マランに残ったものは訓練に明け暮れていたようである。戦隊の作戦のことなど大隊の初年兵には判らないが、私たちの同年兵でも、戦隊に付いてクーパンへ派遣されている者がいた。

マランでは特別な勤務のないときは飛行場の作業に出た。宿舎の前で待っていると、戦隊のトラックが来る。下士官、兵が大勢乗って、前の者の肩につかまって立っている。私は三小隊だったので、協力中隊である三中隊の車に乗って、飛行場に運ばれる。そこで整備の手伝いをするわけである。

七十五戦隊は、最初は二個中隊しかなかった。大東亜戦争が始まる少し前に三中隊が出来た。三中隊には中隊歌というものがあった。七十五戦隊の歌というのがないのに、後発の三中隊に隊歌があるのは出過ぎた感じがしないでもないが、初代中隊長が張り切っていたのだろう。

飛行隊は運動不足になりがちなので、体操と軍歌演習をよくする。戦隊と大隊の合同軍歌演習というのもあった。また飛行場への往復でも、トラックが走り出すとたいてい合唱が始まる。三中隊の場合、中隊歌が歌われることが多い。そんな具合で三中隊の歌は何度も歌っていたから、いまもよく覚えている。ちょっと歌ってみたい。

♪思えば昭和十六年　菊の香りに祝われて　八紘一宇の神兵と
　正義の翼授けられ　わが中隊は生まれたり

気持ちがいいので、二番も歌ってみる。

♪中支にマレーにスマトラに　またジャワの地に豪州に　八重の雲路を駆けめぐり
　世紀の勝利おさめつつ　わが中隊は戦えり

馬鹿と言われるといけないので、三番、四番はやめることにする。しかし、大きな声で歌うというのは、気持ちのいいものである。

戦隊の行う整備は飛行場における戦闘整備だけで、それより難しくなる中間整備は大隊が引き受けることになっていた。そのため知らないが、大隊の初年兵は入隊前の仕事が飛行機に関係した者が多かった。例えば飛行機工場に勤めていたり、航空廠で働いていたり、軍属で飛行場の作業をしていたり、そんな連中だった。ところが、戦隊の同年兵は百姓だったり、普通の勤め人だった者が多かった。

私も伊藤飛行機で働いていたということで、大隊に配属されたのかも知れない。これはあくまでも想像である。——けれども、私が入隊してからは、中間整備など一度もなく、むしろ人隊の整備中隊は不用になり、最後に私たちは戦隊に転属することになる。

飛行第七十五戦隊の使用機は九九式双発軽爆撃機だった。略して九九双軽と呼ぶ。さらに、これは一般的ではないが、キ－48という呼び方もある。川崎航空機の製造である。一度その姿を見ると忘れられない。金魚のように下腹が膨れた飛行機だからである。超低空飛行が得意だった。内地から着任したまだ兵長の操縦士は、新しい機種の訓練を受け、超低空の編隊飛行がこなせるようになると、やっと卒業して伍長に任官し、正式の操縦士になるのだった。

私は最初、戦隊の○○軍曹機の機付兵《きづきへい》に回された。同じ機付兵の同年兵のTとはすぐ仲良しになった。整備といっても、私など初年兵は掃除か雑用ぐらいしかさせてもらえない。操縦席でスロットルレバーを握ることなど夢である。そういう仕事は、すべて下士官以上でなければできなかった。機付長はほとんど軍曹で、新米の曹長もいた。伍長は機付長の補佐といったところである。

ここにただ一人、特異な人物がいた。それは私たちがバンドンで特業の教育を受けた小橋上等兵だった。この人は大隊の人間で、しかも兵隊でありながら、機付長をしていた。それも中隊長の飛行機である。本来なら戦隊の先任下士官のする仕事だ。この人のことは別な項で書きたい。

ちょっと気がついたが、スロットルレバーというのは地方用語で、軍隊では遣《つか》わないことになっている。だが、軍隊ではなんと言ったか思い出せない。このように、軍隊用語では忘れたものが多い。

整備兵の仕事で大変なのは、エンジンを始動させるときだった。（正しく言えばエンジンは発動機だが、もうそんなことは気にしないことにする）まずエンジンのカバーを外すと、何人かでプロペラを担ぐようにして空転させる。それをしばらくしていよいよ始動させるのであるが、それにも人力を使う。慣性始動器といって、カボチャぐらいの大きさの器具がエンジンの後ろに取り付けてある。中には歯車がぎっしり詰まっていて、錘《おもり》がついている。これを下から長いハンドルで、二人掛かりで回すのだがとても重い。

歯を食いしばって、ヨイショ、ヨイショと回しているうちに少しずつ軽くなり、歯車の伝導で最後の錘は一万回ぐらいの速さで回転するそうであるが、頃合いを見計らって、操縦席と呼応して「点火！」と索を引く。するとプロペラがぷるん、ぷるんと二、三回まわる。そのままうまくエンジンが回転し続けてくれればいいが、調子が悪いとそれだけで止まってしまい、また最初からヨイショ、ヨイショと回さなければならない。二回やったら草臥《くたび》れて、誰か交替してくれと言いたくなる。

とにかく飛行機のエンジンは、自動車のように簡単にかからないから始末が悪い。それでもマランの飛行場では特殊車両で始動車というのがあって、呼ぶとエンジンの正面へやってきて、長い棒の先をプロペラの先端にある切り込みへ引っかけ、エンジンの力でぐるぐる回してくれる。これは楽でよかった。

エンジンが始動すると、しばらくは緩《ゆる》い回転で暖機運転をする。その間、機付長は立ち上がって、前面の風防ガラスを磨く。申し合わせたようにどの機付長もしている。それも終わると試運転になる。徐々に回転を上げてゆくと、最初はエンジンの音だったのが、次第にプロペラが風を切る音に変わってゆく。プロペラは白い輪になる。変化する爆音を聞きながらそれを見ているのは気持ちよかった。飛行機が生き物の証明をしているように感じられた。

試運転が終わる頃になると、機関係の曹長が「具合はどうだ」と回ってくる。良ければ「異状ありません」と報告し、悪ければエンジンを止めて修理する。大きな整備はなく、一番多いのは点火栓の交換だった。どうも日本の飛行機の点火栓はあまり性能が良くなかったようで、機付長クラスはそれを気にしていた。

その日の飛行計画によって、飛行服を着た空中勤務者が各自の搭乗する機へやってくる。操縦士は機付長と交替して操縦席に座り、一度エンジンを噴かしてから「車輪止め外《はず》せ」の合図をする。外すのは私たちの仕事である。

飛行機が行ってしまうと仕事がなくなるから、残って整備をしている機の手伝いをする、と言うより見ている。それも終われば翼の陰で煙草を吸ったり、雑談をしている。休憩所の天幕には偉いさんがいるから、初年兵は翼の下が気楽でいい。

前述のように、マランは高処にあるから涼しかった。私たちは厚い生地の作業服を着ていたが、汗をかいて困るということはなかった。さすがに南方だから直射日光は暑いというより熱い感じだが、飛行機の翼の陰に座っていればそれだけで涼しかった。暑いか暑くないかは湿度の問題だということを理解した。日本の夏の暑いのは湿度が高いからである。

飛行隊には歩兵などから転科した下士官が多くいる。その人から行軍の辛さなど聞くと、飛行兵でよかったと思ったものである。私たちは行軍などしたことがなかった。

初年兵の楽しみは、訓練飛行や試験飛行に同乗させてもらうことだった。そうすると航空加俸というものが幾許《いくばく》かもらえた。後にこのことが上部の方で問題になったらしいが、こちらはよく知らない。航空加俸より飛行機に乗せてもらえるのが嬉しいのである。初年兵が勝手に乗ることはできないから、機付長が気をきかして乗せてくれる。

内地から来たばかりの、未熟な操縦者の訓練にも喜んで乗った。最初は離着陸の繰り返しをやる。下手だから、着陸時には何度もバウンドをする。狭いトップ座席に乗っていたら、そのたびに頭をぶつけてコブができた。なるほど古参兵は乗りたがらないわけだと知った。古参兵は乗るにしても操縦者を選ぶ。

操縦士には飛行時間の記録がついて回る。飛行時間の少ない新米の操縦士が下手なのは当然で、飛行時間が増えるに従って上手になる。——と言っても、伎倆《ぎりょう》はかならずしも時間や階級に比例するものではない。誰某《だれそれ》は上手とか下手だとか下馬評があって、しばらく飛行場に出ていると、段々と判ってくる。

訓練飛行に同乗して、トップ座席から背後を見ると、計器盤の下に操縦士の航空長靴を履《は》いた足が見える。方向舵を踏んでいる。離陸のため滑走が始まると、その足が左右に忙しく動く。滑走路を真っ直ぐに進むために、左右に動こうとする機首を修正しているのである。

私は初め、そんな細かいことが行われているとは知らなかった。操縦士は姿勢を正して、機が離陸速度に達するのを待っているものだと思っていた。よく整備された自動車は、平らな道ならハンドルを離しても真っ直ぐに走って行くが、飛行機はそうはいかないらしい。また、離陸のとき後上方に乗って後ろを見ていると、滑走路が左右に振れながら次第に遠ざかって行く。修正しながら上昇しているからである。ところが、M中尉の操縦では滑走路が動かないという話だった。残念ながら、私はM中尉の機に同乗したことがない。M中尉は操縦の神様と言われていたが、後に内地へ呼ばれてテストパイロットになり、殉職したそうである。

操縦士にはいろいろな性格があって、普段はぼんやりして見えるけど、空へ上がると操縦が活発で宙返りをやる者もいれば、豪放磊落《らいらく》に見えながら、飛行機に乗ると神経質になって、自動操縦を嫌ったりする人もいる。

ずっと後のことだが、セレベス（現スラウェシ島）からセラム島へ向かうとき、操縦士の脇の席に座って見ていた。古参の中尉だったが腕が草臥れるとちょっと自動操縦に入れる。両手を膝の上に置いて計器盤を見ている。三分もしないうちに手動に切り換える。見ていて落ち着けなかった。M中尉は自動に切り換えると席を外して、ほかの席へ遊びに行ったそうである。

同年兵に飛行機に乗ると酔う男がいた。初めて爆撃訓練に同乗して、真っ青な顔で降りてきた。機上で何度も吐いたという。それでは飛行機へ乗っても楽しくないだろう。私は酔ったことは一度もない。かえって気分は爽快になり、頭の働きもよくなる。飛行機の動きにもついてゆける。

あるときTと一緒に乗った。Tはトップに乗り、私は後上方に乗った。飛行場を離れてしばらく飛んだら、機が急に左へ傾いた。急降下に入るな、と心得ていたらその通り急降下した。と思ったらすぐ中止して復行した。――あとでそのときのことを聞いたら、Tはぼんやりしていて急降下に気づかなかった。急に体が浮き上がったので、慌《あわ》てて前の方に摑まった。そうしたら足が伸びて計器盤の下から、操縦士の目の前にニューッと出てきた。操縦士はびっくりして降下を中止したということだった。

横道へそれるが、Tのことでは驚いたり、呆れたりしたことがあるので書いておく。――まず私のことから。私の右肩にタムシができた。たぶんバンドンにいたときのドラム缶風呂で移ったものだろうと思う。皮膚が赤くなって、回りがボッボッで囲まれる、いわゆるゼニタムシというやつで痒《かゆ》い。初めは小さかったのにだんだん大きくなって、直径三センチほどになった。なんとかしないと、ますます大きくなるに相違ない。業間治療で医務室へ通う暇もない。そこでいいことを思いついた。

夜、古参兵が洗面器へ足をつけているのを見た。ぬるま湯にクレゾール液をたらして、水虫の治療をしているのである。クレゾール液なら、内務班の入口に消毒用の罎《びん》が置いてある。水虫に効くならタムシに効かないはずはないだろうと思って、塗ってみることにした。原液は少し濃すぎるように思えたので、水を少し入れて割った。それをタムシに塗ったら痛くもなんともない。

これでタムシが治ったら、こんな楽なことはない。われながらいい思いつきだと悦に入っていたら、三十分ほどしたら、だんだん痛みだした。乾いた土地へ水が染《し》み込んでゆくように、ジワジワ、ジワジワと次第に強くなりながらいつまでも続く。すっかり音を上げてしまって、「もうどんなにタムシが酷《ひど》くなっても、クレゾールを塗ることはしまい」と思った。しかし、一週間ほどしたら表面の皮が剥《は》がれて、下に綺麗な肌が現れた。

このことを飛行機の翼の下で休んでいるとき、Tに語った。その頃、Tはいんきんに悩まされていたが、私の話を聞いて、クレゾールの原液をそのまま睾丸《こうがん》に塗ったというのである。よく我慢できたものだ、と身震いする思いでその話を聞いた。

しばらくしてから、Tが患部を見せてくれた。ちょうど皮が剥がれる時だったらしく、固くなった皮が、ふぐりの形をしたままポカッととれた。赤ん坊の肌のような睾丸が現れた。まずは無事でよかったが、このことで私はTを特別な人間として見るようになった。

戦隊では子供のような顔をした下士官が何名かいた。「これは少年飛行兵の出身に違いない」と思って同年兵に訊《き》いたらその通りだった。十五、六の子供が軍隊という特殊な世界へ入ると、ある部分の成長は止まってしまうらしい。同じ年齢でも現役兵と較《くら》べると、顔つきでは大人と子供の違いがある。それでしていることは、普通の大人には出来ないことをするのである。

その中に特別、坊ちゃん顔をした人がいた。いい家庭に育ったのかも知れない。下膨《しもぶく》れした顔が私が子供の頃に「坊ちゃん」と呼んでいた富裕な医者の子供に似ていた。私はその下士官に好意を抱いた。直接口をきいたことはなく、離れたところから見ているだけだった。

その人たちが前線へ出発するのを、滑走路の端に並んで見送った。疾駆する飛行機が次々と通り過ぎた。最後にその人の機が来た。その人はこちらを向いて丁寧に頭を下げた。ありがとうと言っているようであり、さよならと言っているようでもあった。たちまち通り過ぎると機はふわりと浮き上がり、脚を畳むと遠ざかっていった。あの人の童顔をいまも思い出す。


一度非常呼集がかかったことがあった。夜明け近く「非常呼集！」と週番下士官が叫んで回った。寝る前に「もし非常呼集がかかったら、作業の服装で兵舎の横へ集合すること」と教わっていたので、これは予定された演習らしいと判っていた。その通りにして集合していたら戦隊のトラックが来たので、同乗して飛行場へ行った。飛行場では一応、受持機のそばで待機していたが、夜が明けるとトラックが迎えに回ってきたので乗って帰った。

同じ非常呼集でも整備は楽だなあ、と感じた。警備隊は武装して集合しなければならない。大変だ。しかし演習だからいいようなものの、これが本当だったら武器のない整備兵は恐ろしい。

軍隊へ入って初めての正月をマランで迎えた。「軍隊の正月はすごいぞ」とある古参兵が教えてくれたが、そのときはなんのことかよく判らなかった。

すでに先遣隊がチモール島のクーパンに出ていて、私の同年兵も何人か欠けていた。そんな中で大晦日《おおみそか》になったら、朝から「使役集合！　各班一名」とか、「食事当番集合！」という声が宿舎の入口から聞こえる。舎内を見回して、初年兵の誰かが飛び出さなければならない。これらはすべて炊事班の手伝いだったり、支給された物を班に運ぶ仕事だった。

私は洗濯しようとして、洗濯物を水槽に漬けたまま、心配しながら何度か使役に出た。

このビールをどうするのか！　と思うほどビールが内務班に積まれた。そのほか様々な加給品が溢れた。次々と支給された品数を記録したものがないのが残念である。軍隊の正月はすごいぞ、と言った古参兵の言葉が嘘でないのは判ったが、忙《いそが》しいのには閉口した。

酔っぱらった古参兵の面倒を見るのも大変だった。柔道をしていたという体格のいい古参兵が素っ裸になって、マンデーをすると言いはじめたので止めようとしたが、石鹸を塗ってヌルヌルしているし、力はあるので手がつけられない。数人がかりでやっと捕まえた。泣き上戸というのがいて、不思議だった。笑い上戸はなんでも笑う種にするが、泣き上戸はなんでも泣く種にする。その古参兵が初年兵の悪口を言って泣くので、あとで私たちは集合させられ、気合を入れられた。馬鹿々々しいったらない。

給与は普段通りでいいから、のんびりさせてもらいたいものだ、とこれは初年兵の感想である。チモールの正月はどんなだったろうか。

マランの飛行場はバンドンと違って、街から遠く離れた場所にあったので、外出には不便だった。一度近くにある「モンキーホテル」というところに揃って外出した記憶がある。その頃はまだ街への外出が許可されていなかったのかもしれない。あるいは前進前だったので、防諜の意味もあったのか。

モンキーホテルは公園みたいなところで、食堂はあったと思うが、退屈なところだった。周りは高い樹が生えていて、猿がたくさん棲《す》んでいた。その連中と遊ぶのが娯楽ぐらいのものだった。子猿がよく人間のそばへやってくる。手から餌をとって食う。バナナを差し出して、とる瞬間に摑まえてやろうとしても、向こうの方が反射神経が鋭いらしく、いつの間にかバナナはとられて、こちらの負けになる。

子猿を叱ったり脅《おど》したすると、子猿の声を聞いて頭上に大猿が集合してくる。一斉に歯を剥《む》いて威嚇《いかく》する。これには恐怖を感じる。

同年兵で器材庫に勤務している男がいた。弁当を提《さ》げて通っていたが、毎日々々、梱包で忙しいとのことだった。器材庫で梱包が始まると前進が近い、と古参兵が教えてくれた。前進といえば前線へ出ることだろう。前線とはどんなところか？　血の騒ぐのを感じる。初年兵にはなにも情報は伝わらないが、行く先はチモール島であることは想像できた。チチモール島のクーパンには、すでに先遣隊が出ていたからである。

「豪州攻撃をするそうだ。おれたちの満期は豪州ということになるな。羊毛の産地だから背広を作って帰れるぞ」
などと冗談を言う兵隊もいた。

揚陸作業

輸送船からの揚陸作業を何度もしたが、あんなきつい仕事はない。船が接岸できる場所なら助かるが、積み込みならともかく、揚陸の場合はそんな好条件に恵まれることはない。いつも沖から小舟で往復するから時間がかかる。

初めてチモール島のラウテンに着いたとき、港がないから輸送船は沖に停泊し、そこから大発と呼ばれている上陸用舟艇で荷物の陸揚げをすることになった。あいにくその日は暴風雨だった。

私は大発に乗せられた。親船は碇を下ろしてどっしりと構えているのに、大発は波に翻《ほん》弄《ろう》されて、親船の甲板近くまで上がったと思うと、次の瞬間には吃水線《きっすいせん》まで落下する。上からはクレーンの荷物が降りてくる、というより落ちてくるといった感じだ。海に投げだされないように摑まっているのが精一杯で、仕事なんかできない。

「おまえたちは作業員だろう。早く片付けろ！」と大発を運転する船舶工兵の荒くれが気合を入れてくる。そんなことを言われたって、こちらは初めてのことだし、大和魂だけでできる仕事ではない。しかし、積荷は一刻も早く陸揚げしなければならないのである。「戦争って、こんな辛いことをするのか！」と情けなくなった。この日は途中で作業が中止になった。指揮官としてはいろいろと迷った末であろうが、こちらはただただ助かった思いだった。「戦争は辛い」と泣きたくなったのは、このときだけである。

首まで海水に浸かってそのままごろ寝して、そんな作業を数日繰り返した後、やっとラウテンの東飛行場の宿舎に入った。樹の下に造られたテントの中だった。そこで十一月に先遣隊としてクーパンに行っていた人たちと合流した。

そのうちにまた船団が入って、揚陸作業に駆りだされた。今回は陸で、揚がってくる荷物を捌《さば》く仕事である。様々な物がある。それを指揮に従って動かすのだが、私は動作が敏捷な方ではないから、ボヤボヤするな！　と怒鳴られたりして、情けなかった。

敵が嗅ぎつけて爆撃に来た。コンソリーデーテッドB24という四発の爆撃機である。数機が編隊を組んで爆弾を落としてゆく。それがよく見える。黒い塊《かたまり》を糞をひるようにポタポタと落とすが、途中で見えなくなったと思うと下で水柱が上がる。船を狙って落とすらしいが、なかなか当たらない。

敵機のいる間は、作業は休みである。これが嬉しかった。隠れる場所といって別にないから、少しでも低そうなところに体を伏せている。陸に爆弾が落ちなくて倖せだったが、私のじき後ろにいた、よその部隊の兵隊が死んでいた。銃撃弾が当たったのである。爆撃機は爆弾を落とすばかりでなく、下方の銃が地上掃射もするのである。

爆撃がすんだので上を見たら、去ってゆくB24の編隊に一式戦闘機が一機、後上方から攻撃していた。B24のような爆撃機を一式戦が一機で墜《お》とすのは無理というべきだが、操縦士の方はなんとか撃墜してやろうとしているのであろう。攻撃する方も迎える方も必死で射ち合っているに違いないが、下から見ると子雀が一羽、鷲の群れに挑んでいるようで、健気には見えるが頼りない。

特別声援も送らないで脇見をしていたら、そのうち両方とも見えなくなってしまった。その後、墜としたとも墜ちたとも噂が伝わってこなかったから、勝負なしに終わったのだろう。

敵が爆弾を落としているとき、海に突き出た仮桟橋の先に、軍刀を杖に仁王立ちしている将校がいた。自分の胆力を見せようとでもしているのだろうか。「なんだ、あのバカは！」と言い合っていたが、運よく爆弾はその将校にはあたらなかったので、怪我もせずにすんだが、褒める者はいなかった。これは私たちの部隊の中尉だったが、後に発狂して自殺したそうである。もともと狂人だったかも知れない。

また横道に逸《そ》れることを許してもらう。——天才と狂人は紙一重という言葉があるが、天才や秀才と呼ばれる人たちの中には、狂人予備軍といった者がいるに違いない、と思っている。精神病者の目立った特徴がなくても、特異な行動で「正気の沙汰じゃない」と陰口を言われる人は、すでに狂人の仲間に入っているのかも知れない。

ぼんくらな兵隊にはそんな人間はいないが、士官学校を出た秀才と呼ばれる人の中には、半狂人が混じっているのではないかと思う。そういう人が将校になると矢鱈《やたら》に兵を叱咤して、「気合が入っている」などと評価される。部下を死なせることをなんとも思わず、鬼中隊長などと評判の立つ人は、すでに狂人である。前述の戦地へゆく兵隊にボロ服を着せたという隊長も同類かも知れない。私たちの部隊にはもう一人、発狂して自殺した将校がいる。


さて、揚陸作業の最中であることを失念しそうになった。

敵の爆撃は船のいる間は午前と午後二回ずつ来た。その間、仕事は休みである。死ぬかと考える前に、休めることが嬉しかった。しかし、それも僅かの時間で、敵機が去るとすぐ作業開始の命令が出る。その命令が出る前に、小舟は浮いてきた魚を追い回して、上官が大声で喚いたりするハプニングもある。

この回は揚陸作業が無事にすんでよかった。敵の爆撃が下手なお陰である。といっても、いつもいつもそうとは限らない。爆弾が当たって船が動けなくなってしまったこともある。

目標になって危ないから、こちらの手で沈めることになった。恰好の練習台ができたので、戦隊の双軽が得意の急降下爆撃を試みたが命中しなかった。最後には陸上から砲兵が大砲で沈めた。ということであるが、見ていたわけではない。聞いた話である。

揚陸作業では様々な物を扱う。なかでも嫌なのはコンクリートの袋である。船内の作業でこれをやると、破れた袋からこぼれる粉を頭からかぶって、それが汗で固まってとれるのに数日かかる。またビールの梱包などクレーンで吊り上げると、割れた瓶《びん》から洩れたビールが、ネットを伝ってジャージャー落ちてくる。勿体ないなあ！　と思いながらビールの滝を浴びている。

ドサクサにまぎれて、ビールを盗んだことがあった。といっても私が盗んだわけではない。階級の上の人が指図するのである。ビールの梱包は一箱四ダース入りだった。一箱脇へのけておき、そっと自分の隊へ運んで宴会をやるのである。えらく儲《もう》けた気分になるが、品が減れば経理の方では値段を上げるから、つけをあとから払わされるようなものである。

苦労をしながらも、輸送船の荷物を陸揚げできたのはまだよい時代で、敗戦が濃厚になると、船団が着いてもその半分揚げられればいい方で、大砲や食糧まで、貴重な物が沈められてしまうようになってしまった。目的地へ着く前に沈められてしまった船も多いと聞く。

ラウテン東飛行場

地図で見ると、チモール島は甘薯のような形をしていて、斜めに東西に伸び、クーパンは西の端にあり、ラウテンは東の端にある。ラウテンの方が豪州に近い。したがって、ラウテンの飛行場は豪州攻撃が目的で造られたのだろうが、詳しい作戦のことは大隊の初年兵には説明がないから判らない。判らなくても差し支えなかった。初年兵は目先の仕事に追われているから、大局への関心は薄い。

揚陸作業をした場所から東に向かって、ジャングルを切り開いて造った細い道を車でしばらく走ると、そこに飛行場ができていた。未開の土地に上陸して、そこに道路を造り、飛行場を造り、大勢の人間が生活できるように水場まで造る設営隊は、大変な苦労をしたことと思う。そういう人たちの功績を讃《たた》えた本は出版されないし、勲章を貰ったという話も聞かないから、まったく気の毒なことである。後にさらに西の方に飛行場が出来たので、東飛行場、西飛行場と呼ばれることになった。

ラウテンの飛行場は秘密飛行場だと教えられた。そのために自然の姿をなるべく残し、滑走路もただの草原としか見えないように造られているとのことだった。宿舎もテントで、上空から見えないよう樹の陰にあった。

そこに多く生えていたのは、小さい葉が枝に密集した樹で、葉を噛むと酸っぱかった。なんという名の樹か覚えていないのが残念で不便である。当時も正しい名は不明で、通常「×××」と呼んでいたように思うが、その「×××」も忘れてしまったからどうしようもない。ここでは一応「ナントカの樹」ということにしておく。

幕舎はナントカの樹の陰に、小隊別に分散して建てられていた。内部は角材を地面に置き、その上に板を並べて、さらにその上にアンペラを敷くという構造だった。その天幕の中で、私たちは毛布を縦に四つ折りにして、それを敷蒲団代わりにして寝ていた。寝返りを打つのも窮屈である。装具は枕元に置いていた。

天幕は厚い帆布で作られているから、明かり採りの小さな窓はあったが、内部は昼でも薄暗かった。夜は壜《びん》に詰めたガソリンを燃やしてランプ代わりにした。それも消灯時までの短い時間である。

正直に言うと、これらは確かな記憶ではない。こんなところだったと、想像が半分である。しかし、間違っている点があったとしても、これより高級な環境ではなかったはずである。それでも、銃を抱いて地べたにごろ寝することもあるという地上部隊よりは幸せである。

東飛行場へ住むようになって間もなくのある日、どこに陣地があるか知らないが、高射砲がドン、ドンと鳴った。空を見たら弾丸の破裂した黒い塊が幾つか浮かんで、その前を初めて見る敵の飛行機が一機、悠々と飛んでいった。

「戦地へ来た実感が湧いた！」と同年兵の男が興奮して言った。

「射たなきゃいいのに。せっかくの秘密飛行場がバレちゃうじゃないか」と私は思ったが、これは幼稚な考えであった。飛行場というどでかいものが、いつまでも秘密でいられるわけがない。——輸送船が爆撃を受けるようになったのはそれからである。

初年兵にとって一番縁の深い炊事班は、宿舎から遠く離れたジャングルの中にあった。そこでは高い樋《とい》から水が勢いよく落ちていた。水源がどこにあるか知らないが、綺麗な水だった。私たちはトラックにドラム缶を何本も積んでその水を受け、こぼれないように木の枝を浮かべて宿舎へ運んだ。そのドラム缶をどうやって下ろしたか、いま考えているが思い出せない。

ラウテンでは、ただ一つを除いて現地調達できる食料はなかった。椰子の木は生えていたが食用にならない木だった。バナナもマンゴーもパパイヤも、生鮮食品はなにもなかった。乾燥野菜や高野豆腐や缶詰のコンビーフが繰り返し食事に出た。

醤油も味噌も粉末を溶かして作ったものだった。粉末の醤油はまだいいが、味噌は不味《まず》い。現代では即席味噌汁という物がたくさん売られているが、加工技術が上がっているから、粉末でも結構美味《うま》い。当時はただ苦っぽい粉というだけの代物だった。海はそばにあったが、魚を食った記憶がない。まだ食糧事情が逼迫《ひっぱく》していなかったから、漁撈班《ぎょろうはん》などできていなかったのだろう。

ただ一つ調達できるものと言ったのは、水牛の肉のことである。ラウテンの東飛行場には、野生の水牛がたくさんいた。ジャワ島では水牛は家畜として農耕に使われていて、水田の中を器具を引っ張りながらゆっくりと歩いていたり、仕事のないときは泥水に腹這ってのんびりしている姿を見かけたが、汚れてはいるが白い水牛だった。

ラウテンの水牛は黒い牛だった。夜、小便に行こうと思って天幕の垂れを開けたら、水牛と鉢合わせをしそうになり、ビックリしたことがある。毎夜、下士官が長になって飛行場の巡察がでる。それに随行して行くと、滑走路の草原に幾群れかの水牛が遊んでいる。内地で見たくらいの普通の大きさの牛が五、六頭いて、それより一回り大きい牛がボスで、それぞれ月夜の運動会をやっている。そばを通ると立ち止まって、ジッとこちらを見ている。ビクビクしながら通り過ぎる。その牛も昼間は姿を見せない。

ある夜騒がしいと思ったら、炊事班の人が水牛を獲《と》りに行って帰って来たのだった。翌日さっそく、その肉がでたが、嫌になるほど固くて不味かった。その頃はまだそんな贅沢《ぜいたく》が言えた。

ある日、飛行場の作業から帰った同年兵のNが、「今日は危ないところだった」と真剣な顔で話してくれた。彼が走っているガソリン補給車のステップに立っていたところ、頭上のナントカの樹から青ハブがシュッと音を立てて飛びかかってきたというのである。青ハブは猛毒をもった蛇で、現地人でも怖れて逃げるほどである。

幸いなことに狙いが外れて、青ハブはフロントガラスに激突して跳ね飛ばされた。失神している青ハブを自動車で踏み潰したというが、ガソリンを四トンも積んだ車のタイヤに踏まれては、さすがの青ハブもペチャンコになってしまっただろう。

青ハブは見たことがあるが、樹の上から襲ってくるとは知らなかった。もしそんな目に遭《あ》ったらたまらない。それからは草むらばかりでなく、樹の下を通るときは頭上にも注意したが、そんなことはなく、話にも聞かなかった。

ラウテンの東飛行場には「トッケイ」という動物がいた。トッケイというのは蜥蜴《とかげ》の仲間で、内地で見る蜥蜴より大きい。樹上に住んで主に夜「トッケイ、トッケイ」と鳴く。ナントカの樹からよく聞こえ、静寂な夜空によく響いた。トッケイが十三回続けて鳴くのを聞けばいいことがある、誰が言いだしたか皆信じていて、鳴くたびに数えたが、ちょうど十三回で終わるのを聞いたことがなかった。そのせいかいいことがひとつもなかった。

マランにいたとき、私はタムシをクレゾールで焼いて治したが、薬を塗り残したか、鉛筆の先ほどの小さなタムシが残っていた。それが輸送船の中の不衛生な生活や、揚陸作業で濡れたままごろ寝をしていた間にたちまち広がって、元よりひどくなってしまった。ラウテンでは夜、衛生兵が幕舎を回って治療に来てくれた。同年兵だったので、気楽に治療を受けることができた。

同じ幕舎で、もう一人治療を受けている人がいた。Kという古参兵で、この人は先遣隊でクーパンの飛行場に行っていたが、そのとき敵機の銃撃を受けて、とっさにサボテンの林の中に逃げ込んだ。チモールのサボテンが巨大なことは前にも書いた。トゲも当然、太くて長い。そのサボテンの密生している中に逃げ込んだからたまらない。体のあちこちをトゲで刺してしまった。そのあとが化膿《かのう》してしまったのである。

私もその後、何度も空襲に遭ったが、サボテンの中に隠れる気にはならなかった。

「この幕舎で、薬の半分を使ってしまう」と衛生兵が冗談を言っていた。毎日、治療を受けてやっと私のタムシは治った。

ラウテンの東飛行場における飛行戦隊の任務は哨戒だった。朝早く飛行機は爆弾を積んで飛び立ち、定められたコースを回って還ってくる。私たち大隊の兵隊は朝食前にそれを見送りに行った。飛行場といっても、滑走路はマランのように舗装ではないから、離着陸には神経を使うようだった。油断すると不測の事故も起こりかねない。飛行機は着陸が難しいと言われているが、離陸時の事故は大きい。

ある日、離陸のため滑走をしていた、よその中隊の飛行機がバウンドを始めた。最初は小さいが二度目、三度目とだんだん大きくなる。操縦士も一所懸命だろうが、見ている方もハラハラする。

早く上がれ、早く上がれと念じているが、爆弾を積んで機体が重くなっているから、なかなか離陸速度に達しないようだ。三度目か四度目に大きくバウンドして、頭から接地してしまった。毀《こわ》れた部品がパッと飛び散ったと思った瞬間、ボッと火がついた。ソレッとばかりに駆けて行ったが、見えているのに距離がある。やっとのことで辿《たど》り着き、機外に投げ出されている人を二、三人で抱えて安全な場所まで運んだ。その人は死んでいた。私の白い作業服に血がついた。それからは遠くで見ていたが、機銃弾が焙烙《ほうろく》で豆を煎《い》るようにパチパチと跳《は》ねて近寄れない。爆弾が破裂しないのがよかった。

このときは三人死んで、一人が重症で助かったのではなかったかと思うが、よその中隊のことではっきり覚えていない。髭面《ひげづら》の男が子供みたいに手放しで泣いていたのが印象深い。あとで聞いたら、その飛行機の機付長とのことだった。

兵隊になってまだ一年経っていないし、血だらけの死体を持ったことは初めてだったので、その日の朝食は不味かったような気がする。

ラウテン東飛行場における私たちの仕事は、飛行機の掩体《えんたい》構築だった。機関工手の知識など全然、必要としない土方作業だった。ところどころに麻袋が集積してあって、それに土を詰め、運んで積み上げてゆくのである。その麻袋を「ドンゴロス」と呼んでいた。これはどこでも通じる言葉かと思って、手元の辞書を調べたが載っていなかった。しかし、ドンゴロスという言葉は口に馴染《なじ》んだ言葉なので、これからも遣わせてもらう。

飛行機の三方を囲んで、爆弾が落ちても大丈夫なように土嚢《どのう》を積むには、かなりの数が要《い》る。一つの掩体を造るのにどれくらいかかったか覚えていないが、とにかく毎日々々、その仕事を続けていた。

掩体構築作業で悩まされたのは「サソリ」だった。サソリは仮名でかくより漢字で書いた方が実感がある。「蠍」——なんと恐ろしい字ではないか。

蠍については可笑《おか》しな話がある。私の班の班付下士官は○○伍長と言って、私たちより一年古い十五年の前期だった。入隊した頃、部隊は中支にいたから、開戦と同時にマレー半島を下ってジャワ島に着いた。そのとき○○伍長はまだ初年兵だったが、マレーで蠍に刺された。古参兵たちに「おまえはもうすぐ死ぬんだ。可哀相に……」と真面目な顔でからかわれ、ワァワァ泣いたというのである。そのことを下士官になってからも言われ、私たち初年兵にまで知られて、困っていた。

ラウテンの東飛行場にいたのは、二センチぐらいの小さな蠍で、刺されても生命に別条はなかった。とはいっても、蠍は蠍である。私も右手の指を刺されたことがあるが、右半身に痺《しび》れを感じた。作業をしばらく休んでいろと、古参兵に親切に言われた。「医務室へ行っちゃ駄目だぞ。医務室へ行くと切開されるからな」と教えられた。切開治療をすると傷口がなかなか治らなくて、化膿したりして、かえって長引くというのである。

また余談になるが、ラウテンでは傷を受けると、かならずそこが化膿した。作業の合間に医務室へ行って治療してもらうのだが、特別の治療法がないから、患部を消毒してガーゼを当てるだけである。特に膝から下の足にできる熱帯潰瘍というのがいけなかった。なかなか治らず、次第に噴火口のような穴ができ、やがてその肉が上がって平らになり治る。その痕が銅貨のようになって残る。一つだけでは収まらず、三つも四つもできる。

――後にジャワへ帰って街で従軍看護婦を見かけた。その若い女性の白い足に熱帯潰瘍の痕がついていて、気の毒のような、嬉しいような気がした。

蠍の話に戻るが、ドンゴロスは雨を受けて蒸《む》れ、熱気と湿気がある。そこで蠍が大量に発生したらしい。重ねてあるドンゴロスを取ってはたくと、ドンゴロスと同じ色をした蠍が蜘蛛の子を散らすように逃げてゆく。それほどたくさんいた。次第に馴れて扱い方も判り、作業中に刺されるのは少なくなった。誰かは佃煮にして食った、などという話も聞いたが、真偽のほどは知らない。

蠍はドンゴロス以外のところにもいた。朝起きて靴を履《は》くときは、かならず逆さにしてトントンと叩く。よく蠍が靴の中に入っているからである。同年兵でオッチョコチョイな男がいたが、そいつが夜寝ているときに蠍に刺されたからたまらない。幕舎の中がえらい騒ぎになって、そいつはあとで古参兵に気合を入れられていた。

これは隣の班だったが、古参兵が起きがけに蠍に刺された。古参兵は班長に点呼を欠席させてくれるよう頼んだが、「蠍に刺されたくらいでなんだ」と叱られた。古参兵は痛いのを我慢して点呼に出た。点呼が終わると、体操をやることになっている。班長が「おまえは体操はやらなくていい」と言ったが、古参兵は腹を立てて体操までした。それが気の毒というより可笑しかった。

一度、大きな蠍にぶつかったことがある。場所はラウテンではなかったかも知れない。そいつは大きなエビガニほどあって、赤い色をしていた。林の中で自動車が動かなくなったので、タイヤのそばの土を手で掻いていたところ、十センチと離れない場所にいた。ゾッとして手を引っ込めたが、そんなのに刺されたら死んでしまったかも知れない。踏み潰してやろうと立ち上がったら、その隙に落ち葉の中に隠れてしまった。

青ハブに襲われた同年兵のNが鳥目になった。現代では鳥目になる人はほとんどいないから、知らない人が多いだろう。夜盲症とも言って、この病気になると鳥のように夜目が見えなくなる。ビタミンAが不足するとなるということだが、詳しいことは知らない。食糧事情は悪くないといっても野戦のことだから、栄養満点というわけにはいかなかったのだろう。

　夕方、日が落ちると、もう不自由になるらしい。そこでNがしたことは、木の枝を振り回しながら前方の障害物を探知して歩く、という方法だった。向こうからNらしい男が手を振りながら来る、と思って近寄ったら、木の枝で叩かれてしまった。こちらも鳥目の気があって、木の枝が見えなかったのかも知れない。

　ここまで書いたら、不意に思い出したが、サイゴンでパパイヤを買おうと言いだしたのはNだった。——間違っていたら謝る。

　Nについてはもう一つ思い出がある。後の話になるが、ラウテンの東飛行場も、たびたび空襲を受けるようになって、あるときガソリンのドラム缶が破裂して、一瞬、炎がふあっと拡がった。Nが真面《まとも》にそれを受けて火傷《やけど》をした。という話を聞いたので見舞いに行った。彼は目と鼻と口だけ出して、頭を綳帯でぐるぐる巻きにされていた。火傷は顔だけで、ほかは被服に助けられてなんともなかった。

　同じ火傷をするなら、手とか足とかにしておけばよかったのに、顔を焼いてしまうとは運の悪い男だ。内地へ帰ったって、嫁さんのきてがあるまい。と思ったが、自分の好きでそうなったのではないから、これは仕方がない。

　しばらくして縫帯がとれてビックリした。彼は色白の美男子に生まれ変わったのである。

ガソリンの炎は割合温度が低く、それに表皮を焼かれただけだったので、綺麗な新しい皮が再生されたというわけだった。

Nという男は災難には遭うけど、決定的な災難ではなかった。運よくくぐり抜けることができた男だったが、その後のことは知らない。Nの記憶は、ラウテン東飛行場の風景をバックにした一枚の写真のように、それだけしか残っていない。だから、彼が運よく無事で日本へ帰れたかどうか、それも知らない。

ラウテンでは「ホタルの木」と呼んでいる木があった。夜、トラックに乗ってジャングルの下の道を走っているとよく見かけた。一本の木に何百匹、何千匹とも判らないほどのホタルが集まって点滅を競い合っているのである。まるで巨大なクリスマスツリーのようだった。

どんな木だろうと誰もが疑問を抱く。しかし道路からは離れ、夜のことでもあるから知りようがない。日中は跡形もなく消えている。結局、どんな木か、なんのために集まっているのか判らずじまいに終わったが、戦地での唯一の幻想的な思い出として残っている。

三月一日付けで、私は上等兵になった。十六年の前期は人数が多かったので、進級した者も多かった。名簿の順でゆくと私はたしか七番目だった。それでもビリではなかった。

一つ前が滝沢という男で、この人には「お世話になりました」と感謝することがあったが、これは別の機会に語りたい。

進級したと思ったら、たちまち「週番上等兵」の役が回ってきた。「週番」の赤い腕章をつけて、週番下士官の下でいろいろな仕事をするが、一番の仕事は食事当番を引率して、炊事班へ食事を貰いにゆくことである。これを各班に分配する。戦地では色々な食函が使われるから面倒である。分配の仕方が悪いと、一等兵の古参兵に呼ばれて文句を言われたことがあった。

とにかく、初めての週番勤務は緊張のしっ放しだった。私は一週間靴を履いたまま仮眠、という生活を続けたので、下番したら足が水虫で歩けないほどだった。ビッコをひきながら治療に行った。


チモールへ行って間もないころ、古参兵にこんなことを言われた。

「おまえら、いまは張り切っているけど、一年たつと内地へ帰りたくなるからな」

そんなことがあるもんか、と思っていたが、本当に一年たったら猛烈に内地へ帰りたくなった。ちょうどその頃、空中勤務者要員の募集があった。教育は内地へ帰ってするとの噂だったので、内地へ帰りたい一心で、班長に応募したい旨申し出た。「空中勤務者になるには、下士官志願をしなければならないのだぞ」と注意されたが、「はい、してもいいです」と、目茶滅茶だ。いま考えると可笑しい。

簡単な検査を受けた。それからだいぶ経っての頃、一緒に検査を受けた仲間の乗った船が、ジャワへ向かうのを遠くで見送った。私はどうなったのか、誰からも、どこからも一言の連絡もなかった。おいてきぼりにされたような気がしたが、別に口惜しいとも感じなかった。ホームシックが治っていたのだろう。

このことは、私にとっては運命の岐路だった。要員となった連中は結局、内地へは帰ることなく、部隊内で即席教育を受け、射手として搭乗し、戦死してしまった。その同年兵の顔を何人か覚えている。


西飛行場へ移動することになり、天幕の撤収をしていたら、布の合わせ目から蛇の頭が出てきた。ゾッとして棒で叩いたら全身を現した。蛇ではなく、トッケイだった。コンチクショウと追い回して捕まえ、ナントカの樹の幹に釘で磔《はりつけ》にした。

それからだいぶ経っての頃、東飛行場に用事があって行ったので、幕舎のあった場所に寄ってみた。すでに幕舎の跡は生い茂った草に覆われ、ナントカの樹にトッケイの遺骸が骨だけになって、理科室の標本のような姿で貼りついていた。

マラリア

ラウテンの飛行場には海軍も来ていて、その部隊が移動で留守になり、荷物をうちの部隊で預かることになった。その番を私が命じられた。雨の洩らない程度の小屋に物資がぎっしり詰まっている。僅かな隙間に毛布を敷いて、私は独りで寝泊まりしていた。食事は食事当番がトラックで炊事班に往復の途中、寄って届けてくれた。宿舎からは遠く離れていて淋しい。夜、空襲があったりすると不安だった。

倉庫にはカポックのマットや毛布、内地から持ってきたらしい味噌の樽、その他色々な食料品、飲料などが詰まっていて、海軍さんは陸軍より贅沢だなあ、と思った。私は真面目で几帳面だったので、持ち場を離れず、戸外の便所へ行くときでも、真剣に監視を怠らなかった。もし離れた隙に泥棒が入ったら私の責任だけでなく、部隊に迷惑がかかると思ったのである。

その生活がだいぶ続いて、ある夜の空襲に至近弾が落ち、火災も起こった。幸い延焼はまぬがれた。翌日、中隊の先任将校である橘中尉が見回りに来て、「報告にも来ない」と叱られた。私は不動の姿勢で聞いていたが、意識が朦朧《もうろう》として前に倒れた。橘中尉が慌《あわ》てて支えてくれ、「交替を出すから、しっかり養生をしろ」と言ってくれた。

部隊の主力はすでに西飛行場に移っていた。私は西飛行場に運ばれ、軍医の診察を受け、マラリアと診断されて、入室することになった。入室とは前にも書いたと思うが、医務室に隔離されることである。医務室には同病者が大勢いた。

マラリアというのは、知らない人が見れば奇怪な病気である。普通最初、悪寒《おかん》がして体が震える。毛布を何枚掛けてやっても止まらない。しばらくすると反対に熱くなって、毛布をみんな撥《は》ね除《の》けてしまう。四十度ぐらいの熱が出る。デング熱とか三日熱、四日熱とか色々と種類があるようだが、それを説明できるほど詳しくはない。

飛行戦隊の者が機種交換のため内地へ帰った。外出中に突然、マラリアの症状が出た。仲間が付き添って近くの旅館へ行き、しばらく休ませてくれるように頼んで、断られた。宿の人から見れば恐ろしい疫病かなんかに思えたのだろう。あとでそれと判って、隊へ謝りに来たそうである。そんな話を聞いた。

「敵サンの飛行機よりマラリアの方がよっぽど怖い」と誰かが言ったが、その頃、マラリアに罹《かか》る者が続出した。誰かが入室すると、同じ班の者が食事を運んでやらなくてはならない。それは普通、初年兵の仕事だが、そんなことは言っていられない。古参兵が初年兵の食事を運んでやるのは珍しいことではなく、ときには班長が兵隊の食事を運ぶことさえあった。要するに、勤務に就いている者以外で、手の空いている者がしなければならないという状態だった。

マラリアに罹ると、まず胃をやられる。せっかく飲んだ薬も吐いてしまう。すると軍医に叱られる。「コラッ、薬は高いんだから吐くな。吐くならもうやらないからな!」――この軍医は変な人で、気に入らないことがあると、かならず「貴様には絶対注射をしてやらんからな」と怒るのだった。

私は後にラウテンからジャワへ帰り、セラム島へ前進し、そこで最後までラウテンに残っていた人と合流したが、その軍医はナントカの樹の葉の汁を注射したとか、しようとしたとかの話を聞いた。最後には自殺してしまったとのことで、ラウテンでは二人の将校が自殺したことになる。

マラリアに罹ってひどくなると腰が抜けてしまう。○○軍曹がそうなって、戦隊の飛行機でジャワに運んで貰った。スラバヤの病院に入院したら、たちまち快復して帰って来た。よその中隊でも同じようなことがあった模様で、ジャワへ帰れば一週間で治ってしまう、などと噂された。

私は徐々に良くなり、別の場所へ移された。医務室からは少し離れた場所にあった掘建小屋で、体力の回復を待って養生していた。樹の上で子猿たちがふざけ合っていて、誤って下のサボテンの中に落ちたりしていた。猿はサボテンの中に落ちても怪我をしないのかしら？　と感心して見ていた。食事を運んでくれた者にはすまなかったが、心休まる日々だった。

マラリアが治って内務班に帰って間もなく、橘中尉に呼ばれて、海軍へ荷物を引き渡すのに立ち会った。海軍さんがカルピスを二本くれた。一本は内務班へ持って帰り、一本は当番を通じて橘中尉に進呈した。

私は熱発に対してわりと強い体質だったようで幸せだった。マランに帰ってからも午後になると熱が出て便所で寝たこともあるが、それ以後はマラリアが起きた記憶がない。一般にも終息したようで、マラリアも一度罹ると、ある程度免疫が出来るのかも知れないが、正確なことは知らない。

マラリアは何年かしても再発しなければ完治したことになると聞いたが、それが三年だったか五年だったか覚えていない。内地へ帰って何年かして、輸血を頼まれて数人の人と病院へ行った。マラリアをしたことがあると言ったら、それだけで除外されてしまった。

ラウテン西飛行場

ある日、独りで広い飛行場の隅を歩いていたとき、「宗教って、なんのためにあるんだろう。宗教なんて必要ないのに」と思った。

唐突に頭に浮かんだのか、それともなにか考えごとをしての結果なのか、その辺りのことは前後の脈絡がまったく記憶にないから、推測のしようもない。たったこれだけのことであって、記録に値しないのではないかとも考えたが、私としてはどうしても捨て難い。ラウテン西飛行場の頃を考えると、風景とともにかならずこのことが思い出されるからである。

宗教の是非はともかくとして、あの頃は健康だった、と私は思うことにしている。おそらく、私には悩みはなにもなかったであろう。疑問もなかった。すべてが明快に割り切れて、納得ができた。人間の死ということも、私自身の死についても。縋《すが》りたいものはなにもなかった。そんな心境だったに違いない。それが本当の健康というものだろうと思う。

私はいま八十歳になったところだが、その頃の健康が懐かしい。しかし、現在の私がいくら栄養に注意して、ドリンクを飲みながら体操をしても、同じ健康感は味わえないに決まっている。わしは丈夫だ、と自慢してもそれは負け惜しみのようなもので、完璧な健康というのは若いときの特権だからである。


ラウテン西飛行場の宿舎は天幕ではなく、バラックではあるが設営隊が建ててくれた木造の家だった。波音が聞こえるくらい海の近くに建っていた。まだ周辺の土木工事が終わっていなくて、よく作業に駆り出された。巻脚絆《きやはん》をサボテンと一緒にブルドーザーに攫《さら》われたことは、「員数について」で書いた。

西飛行場では水牛を見かけなかった。トッケーの声も聞かなかったように思う。東飛行場と西飛行場はそう遠く離れているわけでもないのに、不思議である。

野生の鶏はよく見かけた。金茶色の綺麗な羽根をしている。ちょうど草原で遊んでいるのを見つけ、大勢で遠巻きにして、次第に輪を縮めていったが、もう少しというところで鶏は一声鳴いて羽ばたくと、高い樹の上に逃げてしまった。内地の鶏と違って飛翔力があるから、とても捕まえられない。

ある日、夜の点呼の時間が迫っても、同年兵が一人帰ってこない。やきもきしていたら子鹿を抱えて帰ってきた。原っぱで見つけて、夢中になって追い回し、やっと捕まえたというのである。子鹿はしばらく舎外に繋がれていたが、結局は食われてしまって、可哀相なことをした。

西飛行場に移っても、夜ときどき「初年兵集合」の声がかかった。海を向いて一列に並び、お説教を受けたり気合を入れられたりした。軍隊ではこれは必要不可欠の行事らしい。これがないと上も下も弛《たる》んでしまうからだろう。思えば、こんなことが出来るのも環境がいいからで、戦《いくさ》に負けて逃げているときには気合どころではない。

初年兵といっても私たちは入隊以来一年以上も経ち、上等兵も何人かいる。気合も半分は形式的だから、要所々々で声を揃えて「ハイッ」と叫べばいいのである。殴られることはほとんどなかったような気がする。

話はいい加減に聞きながら海を見ると、水平線のすぐ上に、いま海中から出てきたばかりという感じの、オレンジ色に輝く大きな北斗七星が横たわっていた。その周囲に群星は見えなかった。

南方で見た星でいまも忘れられないのは、この北斗七星ともう一つ南十字星である。北斗七星は北極星を捜すのに便利で、これは小学校のとき習ったが、南十字星のことは教わらなかった。南十字星は南極を指しながら動くと聞いて、夜、何度も起きて観測したことがあった。私は現在でもその中の三つを見れば、北斗七星の所在を知ることができるが、私の住居からは星の見える夜は少ない。

宿舎のすぐそばに、ジャングルの中を流れてきた川の川口があった。水は灰色に濁って水中は見えない。その川口には小さなトビハゼがいて、水際の木に登ったりしているのが面白くて、暇なときはよくそこで遊んだ。洗濯もしたと思う。

トビハゼはなぜ木に登るのか？　について議論をしたことがあった。それは日向《ひなた》ぼっこをするためである、と言う者もいれば、ただ遊んでいるだけだ、と言う者もあり、いやいや人間も大昔はこうして海から陸に上がったのだ、と学者めいた顔をして説く者あり、誰も生物学の知識などはないから、議論といってもいい加減なものである。

その川に鰐《わに》が棲《す》んでいることなど、誰も想像したことさえなかった。

これから書くことは順序が逆になるが、後に私がチモール島を離れての出来事である。私はいったんジャワへ帰り、それからセラム島へ前進した。そこでラウテンに最後までいた仲間と落ち合って、聞いた話である。

川口から少し遡《さかのぼ》った処に、独立自動車中隊の宿舎があった。その隊の兵隊が川岸で自動車を洗っているとき、鰐に引き摺《ず》り込まれてしまった。その話が伝わって皆、慄然とした。トビハゼと遊ぶどころか、うかうかと洗濯もできない。しかし、川の縁を歩いても、濁った水は流れているとも見えないほど淀《よど》んで、生き物の影は見えず、音さえしなかった。

大隊では魚を獲《と》るための漁撈班《ぎょろうはん》ができた。班長は漁師あがりの軍曹だった。その班長は見えない鰐を退治することに執念を燃やした。貴重な鶏や肉など鉤《かぎ》につけて水辺に置くと、夜出てくるらしく餌だけを見事にとられている。彼は暇を見ては川辺を丹念に、根気よく調べて歩いた。そして幾日か経ち、薄暗い川面、濁った水にだんだん目が馴れたとき、遂に鰐が鼻の先だけを水面に出して昼寝をするということを発見した。

班長は三八式歩兵銃で、至近距離から鰐の頭を狙って撃った。大きなしぶきがあがった。弾倉の弾丸五発を撃ちつくした。最初の一発、二発までは当たったと思われるが、三発目からは判らない。なにしろ三八式歩兵銃は、一発ごとに装填《そうてん》しなければならないから時間がかかる。やがて、水面はなにごともなかったように静かになった。

一週間ほどして、大きな鰐が腹を出して水面に浮かんでいるのが発見された。正確に言うと、一週間だったか一日だったか忘れてしまったから不明である。一週間の方が鰐が巨大に感じられるので一週間とした。

鰐は引き上げられて、宿舎の前で写真に撮られた。大勢の兵隊がその後ろに並んでいる写真を見せてもらった。それから解体した。肉はどうしたか聞き覚えがないが、多分、食ってしまっただろう。前線では食えるものはなんでも食ってしまうから。皮はK曹長が持っているというので後日見せてもらった。

いくつにも畳んであったが、聞いた通りの大きな鰐だった。ただし、皮の色は青い苔のような感じで汚かった。鰐皮の財布やハンドバッグは加工して磨き上げてあるから、いい色をしているのだろう。K曹長がその鰐の皮を内地まで持って帰れたかどうかは知らない。

飛行戦隊でもどこで獲ったか一匹獲ったそうで、戦隊の同年兵のTからその話を聞いた。戦隊では飛行機から取り外した七・七ミリの機関銃を浴びせ撃ったそうで、それでは鰐も一たまりもなかっただろう。しかし、機関銃で撃つとは荒っぽい話で、まだ歩兵銃の方がロマンがあっていい。

内地から柏の飛行第五戦隊が進出してきた。五戦隊は四教の隣にあった部隊で、使用機は二式複戦だった。二式複戦はニックネームを「屠龍」と言い、双発の二人乗りの戦闘機で、三十七ミリの機関砲を積んでいた。これが一発当たればどんな飛行機でも墜ちてしまうが、機会に恵まれないのか、華々しい戦果がなかった。反対に事故を起こしたという噂ばかりで、評判が悪かった。「まだ十分使いこなせないいんじゃないか」と同情する声もあって、気の毒だった。

二式複戦は脚が弱い、というような噂を聞いていたが、ある日、一機が着陸時に脚を折って、その片付けに駆り出された。こういう仕事は全部大隊にくる。

滑走路に腹這ってしまった双発の飛行機を移動させるのは、大変な仕事である。大型のクレーン車でもあれば簡単だが、そんなものはない。すべて人力である。

このとき作業の指揮をしたのが橘中尉だった。西飛行場では中隊長の姿を見た記憶がない。ことによると中隊長はマランにいて、橘中尉が中隊長代理をしていたのかも知れない。橘中尉は綽名《あだな》を「ジャッカンボケ」と言われていたが、それは話をするとき、「若干」という言葉を何度も遣《つか》うからだった。その橘中尉が作業中に「コラ！　高橋、よそ見しないで働け」と兵隊を叱った。叱られたのは同年兵で、長く中隊当番をしていた男だから、中尉とは顔馴染《なじ》みである。だから本気で叱ったわけではない。冗談も混じっていたのだろう。どんな風にして故障機を片づけたか、細かいことは全然覚えていないが、高橋が叱られた場面だけが絵のように残っている。たいして重要なことではないが、思い出したので書いておく。

後に海岸に十三ミリの機関砲が据え付けられて、高橋は特業が「武装」だったので、毎日手入れをしていた。橘中尉がときどきやってきて試射をしていた。

評判の悪かった五戦隊も、最後にどこかでB24をまとめて数機撃墜したそうで、その噂が本当なら、胸を張って帰れただろうと思う。

ところで、われわれの協力隊である七十五戦隊はどうしていたか。戦隊はこの頃、一型から二型に機種交換するため、内地へ帰っていたということである。道理で爆音も聞かれなかったわけだ。九九双軽の一型と二型は外形はほとんど変わらないが、第一の特徴はエンジンの馬力が少し強くなったことだった。それと爆弾倉の中に増加タンクが着いて航続距離が増した。

内地で新型機を受領した戦隊は、フィリッピンのマニラを経てマランに帰り、そこで慣熟飛行を続けていた。

これまで豪州攻撃は海軍の役割だったらしい。陸軍は手が出せなくて、哨戒や船団援護をしていただけということだ。ただ百式司令部偵察機だけは豪州へ飛んで、海軍へ情報を提供していたようである。海軍には百式司偵のような優秀な偵察機がなかった。――とそんな話だが、詳しい作戦のことになると、兵隊には判らない。

その海軍も手が足らなくなって、陸軍にも豪州攻撃の仕事が回ってきた。六月の半ば過ぎ、戦爆連合でポートダーウインを攻撃することになり、七十五戦隊も仲間に加えて貰うことになった。

マランから新型機がやってきた。ラウテンでも爆音がよく聞かれるようになった。豪州攻撃に行くそうだという噂は、大隊の私たちにも伝わって、生き生きとした気分になった。私は三中隊に協力してきたから、三中隊とは馴染みが深い。三中隊は単独でブロックスクリークという飛行場を攻撃するということだった。

その日がきた。早朝からエンジンの音が飛行場に漲《みなぎ》り、やがて出撃機が次々と飛び立っていった。どういうわけか私は戦隊協力に出ていなかったので、出撃機を直接見送ってい

ない。飛行場が静かになってから、同年兵が情報を聞いてきて、

「三中隊の飛行機は豪州じゃなくて、マランへ帰ったんだってさ」と呆れるような話だ。

「なんだ、爆撃に行ったんじゃないのか！」

一中隊と二中隊は命がけで敵地へ行くのに、三中隊だけジャワへ帰るとは、地獄と極楽の違いだ。

「百式司偵が事前偵察に行ったら、その飛行場に戦闘機がウジャウジャいたんだって。そんなところへ双軽が三機だけで行ったって、ただ墜とされるだけだから、中止になったんだということだ。張り切っていたのに、急に中止命令が出たんで、口惜しがって泣いていたそうだ。命令じゃ仕方ないもんな。諦《あきら》めてマランへ行ったんだそうだ」

このときの中止命令は、当の中隊長にさえ理由を示さなかったらしく、まして兵隊の知るところではなかった。だから「戦闘機がウジャウジャ……」という噂はもっともなところである。

ずっと後に知ったところでは、この中止命令は海軍から、「その飛行場は海軍が攻撃を計画しているので、軽爆による攻撃は中止してもらいたい」との申し入れがあったためということである。海軍が戦爆連合で大がかりな攻撃をしようとしているのに、その前に役にも立たない軽爆が数機で行ったって仕様があるまい。敵に反撃準備を与えるようなもので、海軍としては困る、といったところではないか。もちろん、陸軍は腹を立てて断った

が、最後は力に負けて、海軍の要求に従ったとのことである。

ポートダーウィン攻撃に行った一中隊と二中隊の飛行機は、だいぶ被害を受けたらしい。あちこちへ不時着したとの話も聞いた。爆撃に行って編隊を組んで帰ってきたら、向こうにはたいした敵はいなかったと思っていい。強力な敵がいたら未帰還機も出るし、帰ってくる機もバラバラになる。

もう帰ってくる飛行機は一応帰って、一段落したと思っている時刻、たまたま滑走路の近くにいたら爆音がして、一機がいきなり着陸姿勢で入ってきた。滑走路の端にある樹の梢を撫でるように現れた機をみたら、片方のプロペラがなくて、黒いエンジンがポッカリと空洞のように見えた。いかにも激しい空戦の爆撃行から帰った飛行機という感じだった。やっと着いた、というように飛行機は胴体着陸すると斜めに地を這って止まった。中から空中勤務者が出てくると、四人で抱き合って跳びはねていた。

この機が一中隊だったか二中隊だったかは忘れた。機付をしていた同年兵から、こちらの同年兵に話が伝わってきた。

操縦士はベテランの曹長だった。曹長ともなれば飛行経験も豊富になる。経験と技量とはかならずしも一致しないが、人間は出来てくるはずである。双軽は超低空で進入した。敵の戦闘機は、それを予測して低い高度で制空していた。激しく襲いかかってきた。機が辛うじて空戦区域を離脱したとき、片方のプロペラはなく、高度計はゼロを指していた。

同乗の若い下士官が操縦士の頭に拳銃を突きつけて、「潔《いさぎよ》く自爆しましょう」と迫った。曹長は、「ま、待ってくれよ。なんとかするから」と頼んだ。捨てられる物は全部捨てて、機体を軽くした。飛行機は徐々に徐々に高度を上げて、やっと安全高度に達した。辛うじて飛行場に辿り着いた。

この話を聞いたら、四人が抱き合って喜んだのが理解できた。中でも一番喜んだのは拳銃を突きつけて自爆を迫った下士官で、操縦士の方は少々白けた気持ちがあったかも知れない。これは私の下司の勘ぐりである。

七十五戦隊のポートダーウイン爆撃はこれだけで、もう一度だけ豪州爆撃に行ったが、それはクーパンからドライスデールという飛行場へだった。このときは戦隊総出で二十一機、海軍の零戦に護られての出撃だった。

この作戦には、大隊の兵隊として文句を言いたいところだ。

私たちの仕事は藁蒲団の中身を取り出すことから始まった。藁蒲団といっても中身は枯れ草である。この藁蒲団は私たちが使っていたものかどうか記憶がない。またその皮を洗濯したかどうかも記憶がない。とにかくそれを畳んで荷物として、理由の説明もないまま小船で出発した。一緒に行ったのは誰か、何人だったか、これも記憶にない。目的地はクーパンだということだけ教わった。

船は岸に沿って走った。交替で対空監視についた。前にも書いたと思うが、私は小型の船には弱い。特に対空監視は高いところでするから、揺れも大きくなる。私は酔って苦しい思いをした。

「デリー」というところへ上陸して、海岸の壊れた建物の跡で飯盒炊爨《はんごうすいさん》をした覚えがある。そこから見た限りではなにもない淋しいところだった。現在、東チモールは独立して、デリーというのは東チモールの首都だそうであり、テレビの映像で見る限り、大都市である。

何時間かかったか、何日かかったかさっぱり記憶にないが、とにかくクーパンに着いた。ここは以前、先遣隊がいたところである。さっそくの仕事は、藁蒲団の中身を入れて寝られるようにすることであった。干し草が用意されていてそれを詰めるのだが、出す倍以上時間がかかる。なんでそんなことをするのかといえば、明日、戦隊が爆撃に行くが、その空中勤務者の寝床を作るためである、ということがだんだん判ってきた。

急げ、急げと仕事をして、泊まりに来る主を待っていたのに誰も来ない。夜も更《ふ》けて飛行場の方面から爆音が聞こえるから、飛行機が来ているのは間違いないが、誰も来てくれない。そのうちに夜が明けて、飛行機は爆撃に飛び立ってしまった。

あとから考えると、戦隊ではそんな予定はなかったらしい。予定が急に変更されたか、連絡不十分だったか判らないが、どうも女房の深情け、世話の焼き過ぎだったように思えてならない。

ポートダーウィンのときのこともあるので心配して待っていたら、全機編隊を組んで堂々と帰ってきた。拍子抜けしてしまった。敵の反撃はなにもなかったのである。それでも飛行機も人員も損傷がなかったのだから、まずはめでたいと言わなければならない。可笑《おか》しいけど、三十五飛行場大隊の間の抜けた後方作戦も無事に終了というわけだ。めでたし、めでたし。腹が立つ。

仲間がどこからかバナナを貰ってきた。にこにこ笑いながら来た。ジャワを出て以来バナナにはお目にかかっていない。胸が震えるほどの貴重品だ。それを分けてくれるとは、さすが戦友である。

「野生のバナナだそうだ」と戦友は言った。野生だろうがなんだろうが形に変わりがないんだから、味だって同じだろう。そう思って食ってビックリした。なんと種があったのである。種があったなどと一言ですませるような生易しいことではない。種だらけだ。アケビの実を食った人には説明し易いのだが、あれとそっくり、口の中でモゴモゴとしゃぶってペッと吐き出さないといけない。バナナには種がないと信じていたのであれには驚いた。

私たちはまた藁蒲団の中身を出して、皮を船に積み込み、ラウテンへ向かったが、途中でちょっといいことがあった。

船は航行するとき、疑似餌をつけた鉤を細いワイヤーで引っ張っている。それに大きな魚が食いつくことがある。そのとき鮪《まぐろ》だかなんだかが掛かって、朝食に刺身が出た。刺身といっても、ただぶつ切りにしたものが、大きな飯櫃《めしびつ》の蓋に山盛りになっていて、風情はないが、そんなご馳走は長い間食ったことがないから、美味《うま》かった。船酔いもしなかった。

ラウテンに着いたが、私と何人かの仲間は上陸することがなかった。マランへの帰還命令が出ていたのである。

海軍さん

ラウテンの東飛行場で、海軍から預かった荷物の番をしていたとき、近くで海軍の兵隊が数人で酒盛りをしていた。ご機嫌で歌をうたっていたが、中の一人が、

「海軍は二十ミリでも機銃というのに、陸軍じゃ十三ミリのくせに機関砲だってさ！」

「そうだ、そうだ！」

と仲間が囃《はや》したてている。陸軍の人間としては面白くないが、文句も言えない。黙って聞いていた。

このとき海軍さんが念頭に置いていたのは、海軍の零式戦闘機と、陸軍の一式戦闘機の比較だったに違いない。零式戦闘機は最初から二十ミリ二丁、七・七ミリ二丁を積んでいるのに、一式戦闘機は十二・七ミリ二丁だけである。それも初めは七・七ミリだった。武装の点では完全に陸軍の負けである。

ついでに機関銃と機関砲はどう違うのか知らなかったので手許の国語辞典を見たら、口径十一ミリ以上の機関銃を機関砲と呼ぶと書いてあった。だから一式戦闘機の十二・七ミリを砲と呼ぶのは間違いではないが、言い返す元気が出ない。因《ちな》みに海軍は四十ミリ以上を砲と言うのだそうである。

零式戦闘機は通称「ゼロ戦」と呼ばれ、戦後特に有名になった。現在でも日本戦闘機の代表のように人気がある。それに比べ「隼」という愛称で呼ばれていた陸軍の代表一式戦闘機は、「加藤隼戦闘隊」が映画になり、歌になったようだが、戦争が終わったら人気がなくなって、両者の比較は今や主演女優と脇役ぐらいの違いがある。実力においても、陸軍側としては残念なことだが、零戦の優位を認めないわけにはいかない。

零戦と隼を比べると、機体の幅とか長さとかはそう違わないのに、外見では零戦の方が隼よりずっと大型にみえる。その理由はゼロ戦の方が胴体が太いからだろう。隼の胴体は華奢《きゃしゃ》と思えるほど細い。

零戦は皇紀二千六百年（昭和十五年）に制式機となったが、隼はその翌年である。つまりあとから出来たわけで、素人考えでは前に出来たものより性能が良いはずで、そうでないのが納得しかねるところだが、陸軍と海軍は競い合っていたと言えば聞こえはいいが、本当は仲が悪かったのである。あちらはあちら、こちらはこちら、と意地を張り合って、バカなことをしていたのである。

その頃、海軍はセレベス島のケンダリーに基地を持っていて、豪州攻撃の作戦があるとチモール島に飛来し、終わると帰っていたようである。ラウテンの飛行場で見かけたのは、零戦と一式陸上攻撃機だった。大隊としては燃料補給をしてやる程度だが、私はその作業にも出たことがない。「一式陸攻は、補給車一台の燃料を食っちゃうよ」と補給車を運転している同年兵が言っていた。

ある日、飛行場の隅を歩いていたら、木陰に零戦が一機置いてあった。なぜそこにあるか理由は判らない。あたりを見回したが誰もいなかったので、ちょっと失敬して操縦席に座ってみた。操縦桿を握って左右を確かめ、遠く前方を見たら、少年航空兵に憧れていた頃を思い出した。あのますんなりと人生が運んでいたら、こうして零戦に乗っていたかも知れないのである。しかしいろいろあって、いまは陸軍の役にも立たない、ただの兵隊だ。まあそれが当然と自覚しているから口惜しさはない。

一式陸攻は私の好きな飛行機である。なにが好きかというと、あの太い万年筆のような、葉巻のような胴体が好きである。それに小さな翼がついていて、どうして飛べるかと思うくらいだが、現に飛んでいるのだから文句が言えない。胴体にも浮力がつくからそれでいいんだという話を聞いた覚えがある。いまでも写真を見るたびに、あの操縦席に座って飛んでみたいと思う。

あるとき一式陸攻が一機、不意に胴体着陸してきたことがあった。豪州爆撃に行った帰りらしいが、片方のエンジンがなかった。どこから出撃したかなど詳しいことは判らない。居合わせた同年兵の話によると、

「やっとここまで持ってきて、海岸の砂浜に胴体着陸しようとしたら、現地人らしい人影が見えたので、困ったな、と思って右手を見たら広い草原が見えたので着陸したとのことだ。ここが飛行場だってことを知らなかったのかな」

その辺りは判らないが、ともかく無事に着陸できたのはよかった。

「操縦士は十九だって。『片舷飛行はこれで二回目じゃ』と言っていた」

片方のエンジンで飛ぶのを、陸軍では片発とか片肺飛行と言うが、海軍では片舷飛行と言うらしい。それを二回もしたということは、かなりの回数出撃しているに違いない。その中で鍛えられ、逞《たくま》しくなり、墜落寸前の機を冷静に操《あやつ》ってここまで来たのだろう。そしてまだ十九歳である。

またある日、何の用事か独りで滑走路から離れた誘導路の端の方を歩いていたら、一式陸攻が一機ポツンと置かれていた。誰もいなかった。近寄って見たら、胴体には無数の弾痕があって、側面の銃座、上部の銃座、前方の銃座、尾部の銃座の風防ガラスが破れて、血飛沫《ちしぶき》が花のように一面に付着していた。ジュラルミンの継ぎ目からは、幾筋もの血が流れ出ていた。射手はみんな戦死してしまったか？——こんな姿になるまでには敵の戦闘機

が蜂のように群れをなして、繰り返し繰り返し襲いかかってきたのだろう。

射手が全部撃たれたのに、操縦士だけが無傷で帰り着いたというのは珍しいことである。あるいは操縦士も負傷したが、なんとか機を操ることができたということかも知れない。

一式陸攻は、「ライター」と悪口を言われたほど燃え易い飛行機だった。それは翼内がそのままガソリンタンクになっているから、そこに焼夷弾が当たったらひとたまりもない。日本の飛行機の防弾装備はお粗末なものだった。それが燃えずに血達磨《ちだるま》で帰ってきたのは、奇跡としか言いようがない。

私はその周囲を回ったりして、しばらく眺めていた。中を覗《のぞ》く気にはならなかった。

午後から使役に出ていた同年兵が帰ってきて、

「今日の使役はひでえもんだった」と言った。

「なにをしたんだ」と訊《き》いたら、

「海軍さんの爆撃機の水洗いだよ。一式陸攻。——血の海って感じでさあ。肉片が飛んでくっついていたりして。綺麗にするのに、十人で三時間かかったよ。給水車一台、使ってしまった」

「それは大変だったなあ」

「あの飛行機、どうするんだろう。直してまた使うのかな。知らなきゃいいが、知ってたら乗る者は嫌だろうな」

「大丈夫だよ。海軍の連中は若いから」

海軍の飛行機乗りがみんな若いというわけではないが、海軍は志願兵ばかりだから、平均すると陸軍より若いかも知れない。

燃料補給車に乗っている同年兵が、こんなことを言っていた。

「零戦にガソリンを入れてやったら、お世話になりました、と礼を言って『チョイと喧嘩に行って来ます』と飛んで行ってしまった。元気があっていいなと思った。白いマフラーなんかしちゃって、女学生にもてるだろうなァ」

五色のアイスクリーム

昭和十八年九月の末だったか十月の初めだったか、クーパンからラーテンに帰った私たちを待っていたのは、マランへの帰還命令だった。私は桟橋で待っていた同班の戦友から荷物を受け取ると、慌《あわただ》しく沖の輸送船に乗り込んだ。

このとき一緒だった同年兵の数人のことは覚えているが、他のことは忘れた。とにかく大勢ではなかったように思う。チモールを離れるに当たっても、特別な感情はなかった。

スラバヤに上陸した。仲間と波止場のレストランに入り、五色のアイスクリームを食った。そのとき、チモールとジャワの違いが鮮やかに判った。

「あゝ、二度とチモールには行きたくない」と思ったものだ。五色のアイスクリームの味はそれほど強烈だった。仲間も同じだったらしい。お互いチモール生活の酷《ひど》かったことを喋《しゃべ》り合った。ジャワへ帰れて嬉しかった。

アイスクリームを食ったときは、ジャワを極楽のように思ったが、マランはそれほど楽しいところではなかった。私たちを待っていたのは、多忙な内務の仕事だった。チモールへ行くまで住んでいた宿舎とは別な宿舎だった。そこには満期兵が帰還を待って集合していた。年次が古いから当然、下士官の数も多かった。下士官室だけでも四つか五つあった。満期兵以外の兵隊はごく少数しかいなかった。そんな中へ初年兵の私たちは、当番要員として呼び戻されたとしか思えない。下士官室や内務班の掃除、洗濯、食事当番から週番勤務、そのうえ対空監視哨の勤務まであった。

満期兵の中にはもう地方人気取りで、私たちのことを「兵隊さん、ご苦労さまですね。これお願いしますよ」と用事を言いつける者もいた。そんな冗談に笑うゆとりもなかった。私たちは初年兵をもう二年近くもやっていて、内務の仕事にはずいぶんと上達していたのであるが、それでもやり切れないほど忙しかった。内務班には何丁かの銃が立てかけてあった。その銃に錆《さび》が浮いているのが見えた。これは大変なことである。それが判っているから、ちょっと磨きたいと思いながら、その暇がなかった。

対空監視哨の勤務がときどき回ってくる。マランでは空襲はなかったから、これは気楽なものだった。内務班に残っている同年兵には気の毒だがいい休養になった。しかし、下番しても規則通りの就床などしていられない。山のような仕事が待っている。対空監視の勤務はたった一日の休養だった。

その上、私は午後になるとよくマラリアで熱が出た。そんなときは隠れて便所で寝た。便所は水洗式だが腰掛式の自動ではなく、用がすんだら自分で流すようになっていた。その道具として、石油缶を半分に切って把手《とって》を付けた物が備えつけてあった。それを逆さにして、その上に腰掛けて寝た。ウトウトと二時間ぐらい眠ると熱も下がっているので、また内務班に帰って仕事をした。私は人並み以上に熱に強かったように思う。それが幸いした。

初めてマランの街へ外出した。前に書いたように宿舎から街までは距離がある。チモールへ行く前はモンキーホテルへ行っただけだ。帰ったら街にも外出ができるようになっていた。街までどうして行ったか記憶にない。ことによると隊からトラックが出て、それに便乗して行ったのかも知れない。一日遊んで、帰りは門限を気にしながらチンチン馬車を走らせたことを覚えている。

マランはまだ物資が豊富だった。私たちは外出すると、まず同年兵が集まって小宴会を開いて楽しんだ。内務班へ帰れば猛烈に忙しい。やりかけて来た仕事もある。しかし私たちは昨日は昨日、今日は今日、明日は明日と別々に考えることを覚え、馴れていた。不味《まず》い酒を飲むことはなかった。私たちはよくチモールの生活を語り合った。ラウテンに残っている戦友はどうしているだろうか？　この美味《うま》いビールを飲ませてやりたい、と思った。

外出しても、私たちは金に不自由はしなかった。長い間チモールで貰えなかった俸給をマランへ帰って纏《まと》めて戴《いただ》いた。上等兵の俸給を初めて手にした。そんなわけで、私たちは小遣いは重いほど持っていたのである。それにマランの物価はまだ安かった。

ある日、いままで空き家になっていた隣の宿舎が騒々しくなった。戦友がいち早く情報を仕入れてきて、

「初年兵が来た。とうとう初年兵が来た」と興奮して言った。

この時の初年兵が、私たちより幾つ下の初年兵だったか覚えていない。翌日、食事当番だったので飯上げに出たら、その初年兵が二人出てきた。固くなって私に敬礼をした。私は上等兵で彼らは二等兵だから、敬礼するのは当然である。教育隊では、上等兵と言えば神様の次ぐらいに偉く見えたものだから、彼らが固くなるのは不思議ではない。

彼らは上等兵が飯上げに出て来たのに出会って、初めて戦地へ来たような気分になったかも知れない。

私は軽く答礼して、つくづくと彼らを見た。初々しさを感じた。ことによったら彼らは私と同年か、あるいは年上かも知れない。しかし、私には年下に見えた。四角張っているが、それだけで頼りない。こいつらが一人前の兵隊になれるかしら？　と不安を感じた。

——やがてこの連中が内務班に配属されてくるのである。私たちは二年兵にならなければ

ならない。

私たち同年兵は、叱られることには馴れていた。しかし人を叱ったことはなかった。殴られることには馴れていた。だが殴ったことはなかった。掃除、洗濯、食事当番には熟練し、それを唯一の誇りにしてきた。その仕事は初年兵にとられてしまい、今度は初年兵を教育しなければならない立場になってしまう。考えれば初年兵の来たのを喜んでばかりいられなかった。

「初年兵が来たら、気合を入れてやらなくちゃな」と張り切っている同年兵もいたが、気合を入れるって、どんな風にすればいいのか見当もつかない。どういう理由で、どんなきっかけでするのか、その辺りが難しい。しどろもどろになって馬鹿にされたくない。

しかし、そんな心配は不要になってしまった。私たちは一足先に前線へ向かうことになったのである。十二月の末、私たちはスラバヤから輸送船に乗って、ニューギニア方面に向かった。途中で空襲を受け、船が被弾したために護衛艦に乗り移ったりするハプニングはあったが、なんとか目的地に達した。

私たちより遅れてジャワを出た船は、バリー島沖で潜水艦の魚雷を受けて沈没し、とうとう初年兵は来なかった。

中谷一等兵の死

中谷一等兵は年次で言うと私たちより一つ上の、十五年の後期だった。戦死したから当然進級しているはずだが、命令を聞いていないから確かなことは知らない。とりあえず今回は一等兵と呼ばせてもらう。

私や私の同年兵は八ヶ月ほどチモール島で前線生活をし、何人も上等兵になってマランへ帰った。生意気にも前線帰りという自負を持っていた。中谷一等兵はずっとマランにいて、中隊当番かなんかさせられていた。そのせいで進級も遅れた。

二月ほどマランにいて、十八年の十二月、私たちはふたたび前線に向かうことになった。今度はニューギニア方面だった。中谷一等兵にも命令が出た。彼は異常なほど張り切っていた。少し前線擦《ず》れした私たちにはそう見えた。私たちはスラバヤ港から輸送船に乗り込んだ。

中谷一等兵の特業は「武装」だったので、輸送船に備えつけてあった機関砲の射手を命じられ、いつも甲板に詰めていた。その機関砲を見てきた同年兵の悪口によると、

「あんな旧式の水冷の機関砲なんか、撃ったって届きゃしないよ」

といったところだった。

その頃、大洋を航行する船はたいてい潜水艦か飛行機の襲撃を受けた。制海権も制空権も敵に握られているのだからどうしようもない。果たして私たちの乗った輸送船もB24数機の空襲を受けた。こちらには護衛の駆逐艦が一隻いたが、敵機が来るとどんどん逃げていってしまった。——冗談にもこんなことを言っては申し訳ない。駆逐艦の大砲は真上を撃つことができないから、射角の合う場所まで大急ぎで走っていったということである。

敵襲を受けて輸送船の船底に閉じ籠もっているのは怖ろしいものである。どこの部隊か初年兵らしいのが乗っていて、突然、「ガース！」と叫んだので慌ててしまった。ガスマスクはどこかと捜しかけたが、そんなもの持っていないからあるはずがない。すぐわれに還って、「バカヤロー」と怒鳴ってやった。そんな非難する声があちこちでした。——硝煙の臭いが船内に流れ込んできただけなのである。

このとき私たちの乗った船は至近弾を受けて、吃水線のすぐ上に穴が開いてしまった。甲板上で機関砲を撃っていた中谷一等兵は、破片を受けて重傷を負った。

敵機が去ると護衛艦が横づけにされ、私たちは体だけ乗り移った。中谷一等兵も担架に

載せられて護衛艦に移った。いくらか軽くなった輸送船は、荷物を積んだまま修理のため回航した。

艦上が落ち着いてから、私は中谷一等兵の見舞いに行った。彼は医務室に横たえられていたが、目を閉じたまま呼びかけにも応じなかった。軍医も手の施《ほどこ》しようがないらしかった。どこをどんな風に負傷しているのか、体には白い布が掛けてあるので判らなかった。私はしばらく付き添っていた。中谷一等兵とは同じ班でありながら、一緒に暮らした日は僅かだった。古参兵らしさが身につかず、大人しい人だった。

中谷一等兵の唇が動いた。

「てんのうへいかばんざい」

と言った。やっと絞り出したような低い声だった。唇に水を含ませてやったら、

「おかあちゃん、おみずおいしいね」

と呟《つぶや》いた。中谷一等兵は兵隊としての責務を果たし、子供になって懐かしい母の許へ帰ったのだな、と思った。

その夜、中谷一等兵は息を引き取った。

翌日、海軍側で丁重な水葬の儀式が行われた。私たちは近くで直立不動の姿勢で見送った。儀仗兵が立つ中、重しをつけた白木の棺が、斜めの台を辷《すべ》って水面に落ちた。それからゆっくりと澄んだ南の海の中に沈んでいった。

アマハイ

輸送船が被弾して体だけ駆逐艦に乗り移った私たちは、近くのアンボン島に下ろされた。そこで正月を迎えたが、湯呑み一つない状態だったから、毎回バナナの葉っぱに握り飯を載せて食うような貧しい正月だった。一年前のマランの正月とは天と地の違いだ。

やがて応急修理を済ませた輸送船が入港したので乗り込んだ。セラム島に上陸し、アマハイに落ち着いた。セラム島はニューギニアのすぐそばにある小さな島である。協力戦隊である七十五戦隊は本部をアマハイに置き、ニューギニアのホーランジャ飛行場に展開していた。

アマハイに着いて驚いたのは、防空壕が頑丈なことだった。一人や二人では動かせないような太い樹を何段にも積み重ね、その上に土を小山のように盛り上げてある。チモール島のラウテンにいたときとは大違いだ。ラウテンでは壕を掘って、その上に小枝を並べて、見えないように薄く土を被《かぶ》せただけだった。「直撃弾なんか当たるもんか。当たるとすればよくよく運が悪いんだ」そう思っていた。ところが、アマハイでは「直撃弾を受けることだってあるんだ」という考えになったらしい。

爆弾には信管を調節して、当たった瞬間に爆発するものと、0・何秒か遅れて爆発するものと、両方ある。前者を瞬発、後者を延期と呼んでいた。後日、私も宿舎に直撃弾を受けたことがあるが、宿舎が高い樹の下にあり、爆弾は瞬発だったので樹の梢を吹き飛ばしただけで、人間に被害はなかった。もし延期だったら、と考えるとゾッとする。

戦隊の同年兵から聞いたのはこうだった。――アマハイへ来て間もなくのこと、夜間空襲で防空壕に直撃弾を受けた。凄かったのなんのって……。とその男は大仰な仕草をした。お粗末な壕は潰れて全員生き埋めになった。手で土を掻き分け、やっと地上に出た。先に出た者は、残った者に手を貸して全員地上に出ることができた。人員を調べたら○○少尉だけがいない。しかし爆弾を受ける前、○○少尉がいったん入った壕から出たのを複数の人が見ていたので、少尉は運よく逃れたのだという結論に達した。

しかしそれから時間が経っても、○○少尉の姿を誰も見ない。不思議に思って、念のため防空壕を掘り返してみたら、少尉は埋もれてすでに死んでいた。壕を出たのは複数の者が知っていたが、ふたたび入って来たのを誰も見ていなかったのである。

そんなことがあってから、本気になって防空壕を造るようになった、という話である。

その後、空襲が激しいので宿舎は遠くへ移したが、飛行機の離着陸を監視する「飛行場班」だけは、滑走路のそばから逃げるわけにはいかない。そこで特別頑丈に造った。といってもセメントなどないから、材料は丸太と土だけである。その小山のような防空壕の脇腹に、空襲のあと大きな穴が開いているのを見て怖ろしい気分になった。

どこへ行っても、いつまで経っても初年兵なので、食事当番や使役がついて回る。馴れているからそれも気楽でよい。

林の奥にある炊事班に行ったら、椰子の幹に大きなトカゲに似た動物が繋《つな》がれていた。「なんですか?」と訊いたら、「鰐の子供だよ」との答だ。そうですか、と感心して、あとで笑われてしまった。本当はトカゲだったのである。トカゲでも種類によって大きなものがいる。その後、ジャワの動物園で見たコモド島のトカゲは二メートル以上あった。しばらくして炊事班に行ったらトカゲの姿が見えないのでどうしたか訊《き》いたら、食ってしまったよとの返事だった。

食うといえば、錦蛇を捕まえて食ったことがあった。飛行場からトラックに乗って宿舎へ帰る途中、爆弾の落ちた跡で大きな錦蛇が野生の鶏を呑もうとしているのを見つけた。若い兵隊が大勢乗っているからたまらない。それっとばかりに襲いかかって、鶏もろとも捕まえてしまった。宿舎へ帰ってみんなで食ったのだが、料理が大変だった。皮を剥《は》ぐときは綱引きの要領でワッショイ、ワッショイと掛け声をかけてした。小さく切って蒲焼にしたが、こちらは初年兵だから、ただ焼くのに忙しい。一切れ試食したが、とたんに精力がついたような気がした。蛇には強烈なパワーがあるらしい。

炊事班にはもう一つ珍しい動物がいた。猿に似ているが猿ではないようだ。手の届かない高さの木の枝に尻尾《しっぽ》を引っかけてぶら下がっている。いつ見ても同じ恰好で、動いたのをみたことがない。死んでいるのかと思った。

「あれはなんですか？」と炊事の係に訊いたら、

「あれは、怠けものだよ」生きてはいるんだ、と思って、

「なんて動物ですか？」と重ねて訊いたら、

「だから、ナマケモノって動物だよ」

なるほど「ナマケモノ」とはよくつけた、と感心してしまった。これほど適切な命名はほかにはない。このナマケモノがその後どうなったかは知らない。私個人としては、ナマケモノは食いたくない。

アマハイではよく雨に降られた記憶がある。半分以上、雨季だったかも知れない。同じ雨季でも、バンドンと違ってアマハイの雨は、内地の梅雨を思わせる陰湿な降り方だった。宿舎の中が洗濯物で一杯になった。

雨の中を、ニューギニアから帰ってくる飛行機がある。すると集合がかかって、裸の上に雨衣を着て飛行場へ飛び出して行く。その雨衣が古くなって撥水《はっすい》効果がなくなっている。濡れた体にへばりつく雨衣は、裸で雨に打たれるより気持ち悪い。

この頃、敵は親子爆弾を使い始めたようである。大きな爆弾と見える中に小さな爆弾が数十個入っていて、投下すると空中でバンドが外れて、小さな爆弾が如雨露《じょうろ》で水を撒《ま》くように拡がって広範囲に落ちる。地を揺るがす爆発音や振動はなく、建物や陣地を破壊する力はないが、散開させてある飛行機などを破壊するには威力がある。日本にも同じような物ができて「夕弾」と呼んでいた。

ある日、飛行場へ出たら、尾翼と両翼端を残して焼けた飛行機の残骸があった。昨夜の空襲で爆弾を受けたらしい。燃料も抜いてなかったのかしらん。「飛行機って、よく燃えるもんだなあ!」とおおいに感心してしまった。別の日にも同じ姿を見た記憶がある。

またある日、フラップを下げ、脚を下ろして、着陸態勢で進入してきた飛行機が飛行場の手前で失速して墜《お》ちた。失速すると舵がまったく効かなくなるから、低空で失速したら絶望である。ストンといった感じで海に墜ちた。あとから舟で救助に向かった人の話によると、水面にタイヤが二つ浮いていただけだった、ということである。

よその中隊機だったので深く気に留めていなかったが、後からその機に同年兵のIが乗っていたということを聞き、胸が痛んだ。Iはチモールで私と一緒に空中勤務者の試験を受け、隊内で教育を受けて機上射手になったばかりの男である。

飛行機は空中戦で撃墜されるより、地上で焼かれたり、訓練や輸送中の事故で壊《こわ》してしまったりする方が数が多いのではないかという思いがある。少年少女まで動員して、血の汗を流しなら飛行機を作りつづける国民には言えないことである。

三月三十日、ホーランジャは突然、敵の大空襲を受けて、総攻撃の準備で集結していた飛行機が百機以上焼かれてしまった。七十五戦隊の飛行機も大半が被害を受けた。

産経新聞が「あの戦争」と題して検証特集をしているが、「昭和十九年三月三十日、連合軍の奇襲を受けたホーランディア基地。正面は九九双軽とみられる爆撃機の残がいの列」と説明のついた小さな写真が載っている。間違いなく九九双軽で、これが七十五戦隊のものかも知れない。

七十五戦隊の各中隊は残存機をフルに使って、ピストン輸送で人員をアマハイに運んだ。三中隊の同年兵の話では、よその中隊は全員空輸したのに、三中隊は○○少尉以下十一名を置き去りにしてしまった、ということだった。あとから聞いた話では、一、二中隊にも残留者があり、部隊が残した人員は三十数名ということだった。

残された者はただただ気の毒というよりほかはない。間もなく敵が上陸しホーランジャは占領されてしまったので、彼らはどうなったか判らない。戦おうとしても、鉄砲も持っていない整備兵だ。山の中に逃げ込んで、飢えと病気で死んでしまったということであるが、死んだという確認さえされていない。

ずっとあとになるが、おなじことがフィリッピンでも行われている。七十五戦隊はフィリッピンの攻防に参加して戦力を失い、再編成のため内地へ還ったが、その際にも空輸しきれない者を何名か置き去りにしてしまった。その人たちも山に入り、飢えと病気で死んだそうである。

戦局不利のせいかどうか知らないが、航空部隊にも編成替えがあって、飛行場大隊は縮小されて警備中隊だけになり、整備中隊は飛行戦隊に吸収された。私たちは七十五戦隊に転属になり、私は三中隊に配属された。顔見知りが多かったので、よその部隊へ来た感じは薄かった。ほかの飛行場大隊から来た者も何人かいた。

戦隊は大隊に比べて内務はルーズだった。内心呆れるほどだったが、厳し過ぎるよりは楽である。その理由の一つは、下士官の権威がないことだろうと思う。

大隊では下士官といえば班長と、副班長ともいうべき班付下士官しかいないから、階級では呼ばなかった。みな班長殿だった。ところが、戦隊には班に所属しない下士官が多い。

空中勤務者というのはすべて下士官以上で、整備も補助の機付兵以外は全部下士官だから、そういう連中が分科下士官室というところにゴロゴロしている。戦隊では兵隊の数より下士官以上の数の方が多い。したがって、分科下士官は洗濯など自分でしなければならない。してもらえるとすれば、曹長も古参になってからである。

そんな有様で、下士官は権威を示せないから、兵隊とも友達みたいな口をきくようになってしまう。

三十五飛行場大隊からの転属兵の優秀さは戦隊の幹部も認めたようで、「転属者は内務において優秀であるが、特業においては戦隊の兵に劣るので努力するように」という訓示があった。

「当たり前じゃないか。土方ばかりしていて飛行機に触ったこともないのに、特業がどうこう言うことはあるまい」と転属兵は反撥《はんぱつ》したが、大隊では上等兵になれなかった同年兵がすぐ進級したから、納得した。

アマハイの生活はあまり楽しいものではなかった。それは負け戦《いくさ》だったからである。ホーランジャが占領されてから、昨日まで味方の基地だったところを今日は爆撃に行き、明日はまた今日基地にしたところを爆撃に行く、といった有様で、そのうち味方の航空部隊は全部後方に退いてしまって、戦闘機より前線に軽爆隊が取り残されるという、変則的な状態になってしまった。

　夜間飛行の訓練が始まって、馴れたら夜間爆撃に出る。この頃は雨季も終わって星空が続くようになっていた。各中隊一機ずつ、せいぜい三機の飛行機が手探りで飛んで、爆弾を落としてくる。敵の地上砲火は激しくて、曳光弾がアイスキャンデーの林のようだと言っていた。それでも爆弾を落とさなければ還れない。

　地上砲火に眩惑されて本当の目的の場所が判らない。この辺だろうと思うところへ爆弾を落として、火の手が上がったらしめたものだが、なんの火かまでは判らない。気がつくと夜間戦闘機がくっついている。必死になって逃げる。やっと基地へ辿《たど》り着いて、ホッとする。そんなところではないかと思う。

　夜間攻撃は惨《みじ》めで、同じ死ぬなら昼間の戦争で華々しく死にたい、と空中勤務者は思っていたのではないか。しかし足の遅い、武装も貧弱な軽爆が、戦闘機の援護もなく、数機で出かけるには、泥棒猫のように夜、こそこそ行くより仕方がない。

　そんな有様なのに、翌日はキチンとお返しが来る。ほんの僅かな爆弾を進呈しただけなのに、雲霞の如き大軍でお礼に来る。白昼堂々と、戦爆連合でやってくる。

　こちらの抵抗といえば、山の上の高射砲だけである。特筆したいが、この高射砲隊はよくやった。補充兵のおっさん部隊らしかったが、よく戦って、私たちは何度も、弾丸が命中して敵機が墜落するのを見せて貰った。双発双胴のＰ38が二機になって落ちる様など、拍手喝采であった。しかし、そうであれば敵からは余計狙われる。砲の数も次第に減少し、戦死者も多く出たことであろう。私たちはこの高射砲隊から給与を受けていたのに、私はいまその部隊名も覚えていない。申し訳ないことである。

敵機の来襲は決まって午前十時頃になる。「敵サンはゆっくり朝飯を食って、食後のコーヒーを飲んでから、そろそろ出かけべえって言ってやってくるんだ」と兵隊たちは冗談を言っていた。

アマハイの飛行場は、海中に突き出した細い岬が滑走路になっている。爆弾は海に落ちなければ滑走路に当たる、といった具合である。その滑走路の根元は立樹に掩《おお》われていて、誘導路や掩体壕が分散されている。掩体の裏には、敵サンの黄色いずんぐりとした爆弾が転がしてあった。敵サンの爆弾は不発弾が多かったのである。

空襲の時間は判っているから、私たちは遠く離れた宿舎から見ている。森の向こう側の空を爆撃機が飛んでいる。爆弾を落とす。光線の加減でよく見える。爆弾はスーッと落ちていって森の陰に消える。しばらくして爆発音が聞こえる。一通り終わると、今度は戦闘機の番だ。急降下してきて、機影が森の陰に消えたと思うと、先の方に不意に現れて急上昇してゆく。なにを間違えたのか、途中で止めて上昇してゆくのもいる。

私たちが上の方から聞かされた話では、

「われわれが夜間爆撃を行えば、敵は自分たちの生活から推測して、このアマハイには何倍もの航空勢力があると信じて、この方面に勢力を割かざるを得ない。われわれが囮《おとり》になることによって、後方の作戦を有利にしているのである」

というこどだったが、兵隊たちは冗談に、

「こっちはそう思っていたって、敵サンの方じゃいい練習場のつもりで、初年兵の教育に使っているんじゃないか？　見ろ、あの下手糞な操縦を！」

とそんなことを言い合っていた。

敵サンが帰ると、今度はこちらの出番である。トラックに乗って飛行場へ行くと、飛行機の整備をする者以外は全部、一列横隊になって、誘導路から滑走路の広い場所を爆弾の破片を捜して歩く。注意力と忍耐が必要な仕事である。腰が痛くなる。しかし、もし落ちていた破片を見逃し、それを飛行機が踏めば大変な事故になる。実際それで飛行機を一機毀《こわ》してしまったことがあった。真剣な仕事である。——アマハイでは滑走路に穴をあけられることがなかったので、それだけは助かった。

作業が終わるといったん宿舎へ帰り、夕方また飛行場へ出て、攻撃機を飛ばしてやる。その攻撃機が帰ってくるまで待っているのである。遅くなると食事当番が夜食を運んでくる。夜食は決まってサゴ椰子の澱粉《でんぷん》を湯で溶いたものである。病気のとき食べさせられる葛湯と同じだが、砂糖が入っていないから美味《うま》くはない。しかし贅沢は言えない。物資のない中で夜食を作ってくれる炊事班には、頭を下げなければならない。

星空を眺めて攻撃機の帰りを待つ時間は長い。南十字星がだいぶ位置を変えたころ、蚊の鳴くような爆音が聞こえ、次第に大きくなってくる。やっと帰ってきましたよ、というように聞こえる。滑走路の誘導灯が慌《あわただ》しく次々と灯《とも》される。

出てゆくときは編隊を組んで行くが、帰りはバラバラなことが多い。一機、二機、と無事着陸した飛行機は、電車を降りたサラリーマンのように、いそいそと自分の掩体に帰って行く。最後の一機が帰ってこないと、その中隊は、ひそひそ話をしながらいつまでも待っている。

帰還した機から情報が届く。「斜め右方向に落下してゆく火の玉を見た。〇〇機ではないか」――それでも待ち続ける。燃料切れの時間がとっくに過ぎて、言葉少なにトラックに乗って宿舎へ帰る。

速成教育で機上射手になった同年兵が何人か、この攻撃で死んだ。

補充機はフィリッピンのマニラまで受取りに行く。マニラから来た飛行機が内地からの郵便物を積んできた。私のところへも葉書が一枚届いた。戦地へ来て初めて貰った便りである。差出人は二つ年上の従姉で、「今日は貴君に悲しいことをお知らせしなければなりません」という書き出しだった。内容は私にとっては同級生であり幼友達だった従姉の弟と、Hの二人が戦死したということだった。

Hというのは私より一足先に海軍に入り、砲術学校から手紙をくれた男である。学校時代から真面目一方で、先生を感嘆させた男だった。海軍では花形の砲兵として軍艦に乗り組み、華々しく戦死したのだろう。

いとこの家は私にとって母の実家だったので、小さい頃から正月と夏祭には泊まりがけで遊びに行ったものだった。この姉弟の母親は早く亡くなって、私は顔も憶《おぼ》えていない。いとこはおとなしい男だった。私とどっちが早くうまれたか記憶にないが、私は兄のように振る舞っていた。小学校低学年のとき正月の休みに遊びに行って、近所の悪童ども数人と喧嘩になった。私は煤《すす》掃きに使った長い竹竿で相手の頭を叩いたが、そいつは叩いても怯《ひる》まずに向かってくる。怖《お》じ気がついた私は、いとこを見捨てて逃げ帰ってしまった。しばらくして、いとこは泣きながら帰ってきた。私は自分のした卑怯な振る舞いにいまも罪を感じている。

いとこが兵隊検査に志願したことを、私は教育隊にいるとき聞いた。軍隊生活の激しさを実感していた私は、憂慮したがもう止めさせることはできなかった。

葉書を読んで、私は「おれも早く死ななければ！」と心底から焦りを感じた。――しかし、こればかりはどうしようもないことだった。死ぬとか生きるとかこれは運命に左右されていて、死が向こうからやってこない限り死ぬことはできない。

その頃、私は「駄馬」という綽名《あだな》をつけられていた。古参兵が巫山戯《ふざけ》て言ったことで、足が太いからというのであった。確かに私の足は太かったが、一番太いわけではなかった。もっと太い者もいた。

敵の空襲が頻繁に続くので、飛行機をもっと安全な場所に移すことになった。補助滑走路として造ったが、全然使われていない空地の、その先の林の中へ移すことになった。それぞれの飛行機は翼の上にまで整備員を乗せて、地上滑走で行ってしまって、私たちの機だけが残された。

その機の機付長がなぜいなかったのか知らないが、機関係の曹長が代わりに整備をしていて、私と、森という同年兵と、Hという補充兵がたまたま手伝いをしていた。待っていた操縦士は、まだ夜間飛行もできない新米の伍長だった。いつまでも時間をかけていたらそのうち敵サンがやってくる、と不安になった。

やっと整備が終わったらしい。そうしたら曹長の言うことには、「おまえたちは先に行って地盤を確かめろ」だった。ここは予備滑走路として造った場所だから、地盤は固いはずだ。現にほかの機は整備兵を乗せて滑走していったのに、なにをいまさら地盤の点検をしなくちゃいけないんだ。人間の足と目で調べながら行ったら、半日がかりになってしまう。それでも逆らうわけにはいかないから、まず私が走り出し、続いてH、その後から森が続いた。

地盤を確かめるなんて、そんな余裕はない。ただスタコラ走るだけだが、駄馬の足が重くて思うように進まない。「バカ、クソッタレ！」と言いながら走っていた。

こちらがなんの合図もしないのに、飛行機は滑走を始めた。曹長が操縦士の傍《かたわ》らで、翼の上にしゃがんで手を振って誘導していた。飛行機と競走したらかないっこない。それでも止めるわけにはいかないから、苦しいのを我慢して走り続けた。

突然、爆音が高くなったので振り返ると、飛行機がスピードを上げて追ってくる。「やられる！」と恐怖を感じた。森が危うく翼の下をくぐった。Hが振り返った。慌《あわ》てて左へ避けようとした。飛行機が後を追うように迫った。——Hがやられなければ、私がやられるところだった。

突風が木の葉を舞い上げたような光景を間近でみた。飛行機が停まったので駆けて行った。曹長と、続いて操縦士の伍長が降りてきた。

「マゴマゴしてるからだ！」と曹長が怒鳴った。

「なにを！　この野郎、誘導兵を無視しやがって」と曹長を殴りつけてやろうとしたが、手が出なかった。このことはいまも情けなくて口惜しい。

「——気がしたのでゼロブーストまで上げて……」蒼い顔をした操縦士が小さい声で言ったが、全部聞き取れなかった。

「おまえはここで番をしていろ。森は先へ行け」と曹長は言った。森は仕方なく走り出した。どんな気持ちで走っていったんだろう。

Hはその日、食事当番かなにかで、作業に出る日ではなかった。それを作業に出したのは曹長だった。Hは体が小さくて木登りが上手だった。飛行機を隠す椰子の葉を取るには適している。それが理由で作業に駆り出されたのだった。そのためHはパラン（蛮刀）を持っていた。天気を心配してか防雨外套を着ていた。

Hの体は一度、翼の前縁に当たり、それから翼の上を越えて後方に落ちた。一枚のプロペラはHの頭蓋を胸まで真っ二つに切り裂いていた。他のプロペラは体や衣服をずたずたにしていた。半分になったHの頭を見て、私はなにかに似ていると思った。それがすぐ思い出せなかった。――やっと思い出した。それは学校の理科室にあった、人体を半分に割った見本の人形だった。それとそっくりなほど綺麗に切れていた。無表情なことも似ていた。

私は飛び散った肉塊を拾い集めた。それを体に戻して、残った布で隠してやった。肉の臭いが鼻をついた。人間も鶏も豚も牛も肉はみんな同じ臭いがする、と思った。鋭い嗅覚を持つ黒蠅が飛んで来た。私は上着を振り回して蠅を追った。

だいぶ時間が経って、一台の乗用車が来た。部隊長や副官が降りて来た。部隊長は遺体を一目見て、「できてしまったことは仕方がない。鄭重《ていちょう》に葬《ほうむ》ってやれ」と言って車に乗った。

その夜、宿舎で通夜をした。曹長が首を垂れて長く座っていた。「おれのせいだ……」と呟《つぶや》いた。

それにしても、飛行隊では通夜をしてもらえるなんて幸せな方である。たいていの戦死者は、通夜もなければ葬儀もない。遺品整理をされるだけである。Hの遺体は翌日、敵の空襲がすんでから、宿舎からさらに遠い場所で火葬にした。私と森は火の消えるまで番をしていた。本当なら軍装して銃に着剣して立っていなければならないのだが、前線では軍紀は省略されてしまう。

「戦死になるだろうな」

「もちろん、そうなるだろう。空襲があったしな」

「戦死の方が、靖国神社へ行ったって肩身が広いものな」

私と森はそう話し合った。戦地で死ねば、かならず戦死になるとは限らない。その日に戦闘があったという裏付けと、隊長の思いやりが必要だ。――Hの遺骨が無事肉親の許へ帰ったかどうかは知らない。

陸軍に九九式軍偵察機という飛行機があった。軍偵察機というのは、後にも先にもこれ一機種しかないので、普通は「軍偵」と呼ぶだけで通じていた。

軍偵は単発の二人乗りで、脚は固定式だった。その脚はカバーで覆われているから、ずいぶん太く見える。その頃、前線で見かける飛行機は、敵も味方も全部スマートな引込脚だったから、軍偵は野暮《やぼ》ったく見えた。見かけ通り速度は遅かったが、操縦性は抜群、ということだった。

この軍偵に乗って、寿々木米若が慰問に来た。寿々木米若といっても、いまは知らない人が多いだろうが、当時は広沢虎造と並んだ有名な浪曲師である。特に十八番とした佐渡情話は、これも虎造の得意とした次郎長外伝と並んで、世に持て囃《はや》されたものである。

慰問団というものはあっても、大勢ではせいぜい後方基地止まりで、前線へは来られない。その点、浪曲師ならお供は三味線弾《ひ》きだけだから、窮屈なのを我慢してもらえば、後部座席に二人乗せて運ぶことができる。軍偵はそんな小回りのきく仕事にも向いていたようである。

私たちは地べたに座って、急造の舞台で米若が語る浪曲を聞いたが、望んでいた佐渡情話は口演してくれなかった。色恋ものはいけないと、軍の上部から止められていたのだろう。なにを聞いたか忘れてしまった。米若は初めの一曲は羽織袴《はおりはかま》でしたが、休憩後の二曲目は汗をかいたからと、国民服でした。

口演が終わるとすぐ、米若と三味線弾きは軍偵に乗って帰ってしまった。どこへ行ったかは聞いていていない。

このこととはまったく別の話だが、アマハイ沖の上空で、軍偵が一機、敵の双胴戦闘機P38十機に囲まれるという出来事があった。

P38はアメリカの最新鋭戦闘機で、山本五十六長官の飛行機を撃墜したのもこの戦闘機である。

この両者はたまたま鉢合わせしてしまったもので、軍偵はよくよく運が悪かったとしか言いようがない。さらに運の悪いことが重なって、そのとき軍偵の後部座席には余分な人間が一人乗っていた。つまり米若と三味線弾きが来たときのように、窮屈な思いで二人乗っていたのである。これでは足の遅い軍偵が余計、遅くなってしまう。

狼の群れに襲われた小兎のようなものである。P38は勇んで五門の機関砲で一斉射撃をかけてくる。軍偵は急旋回で辛うじてこれを躱《かわ》す。息つく暇もなく別の戦闘機が「おれにやらせろ」とばかり襲いかかってくる。

このとき対岸のリアン飛行場から、三式戦闘機が一機、救援に駆けつけた。勇敢にP38の群れに立ち向かったが、衆寡敵せずで五分で撃墜されてしまった。

一方、軍偵は敵の攻撃を躱《かわ》しに躱し続けたが、二十五分後、遂に力尽きて被弾し、海中に没した。

この様子はアマハイの飛行場からよく見えたという。私はこのことを飛行場で見ていた戦友から聞いたのである。なぜ私がそのとき飛行場にいなかったか判らない。たぶん使役かなにかに駆り出されて別の地にいたのだろう。

南方で兵隊生活をしていると、今日は幾日だとか何曜日だとかいうことは判らなくなってしまう。何月かということさえ記憶に残らない。この状態を「南方ボケ」と言っていた。たぶん九月の半ば頃だったと思うが、セレベスへ出張を命じられた。これがひどいことに一中隊から下士官一名、二、三中隊から兵各一名ということで、二中隊の兵隊は私より古参だった。

任務は攻撃機がその飛行場を中継地に使うので、その連絡ということらしいが、詳しいことは説明がなかったので知らない。もしかしたらアマハイへ帰れないかも知れないと思ったので、私は自分の装備を全部持って飛行機に乗り込んだ。

アムランの飛行場に達して上空から見ると、滑走路のあちこち穴だらけで、素人目には降りられそうにもない。しかし、指示は「注意シテ着陸セヨ」ということになっていた。飛行機は着陸せずにほかへ向かったので、ヤレヤレと思っていたが、近くのメナドの飛行場へ行ったら空襲が終わったばかりのようで、あちこちから煙が昇っていて、「着陸不能」の合図が出ている。

ふたたびアムランへ向かった。日が暮れそうになった。胴体着陸の用意に荷物を前に集めて寄り掛かっていたが、それでもなんとか着陸できた。夕食を馳走になって宿舎へ落ち着いた。

アムランでわれわれはなにをしたか、というと、なにもしなかった。攻撃機の点検整備の手伝いぐらいするのかと思っていたが、それもなかった。攻撃機は明け方近く着陸すると、燃料補給をしてもらって、すぐ飛んで行ってしまった。

翌朝、炊事班へ飯上げに行ったら、私たちの分はなかった。戦隊は全部出発してしまったから、とのことで大いに困ってしまった。同行した一中隊の下士官は無能な男で、なにもしてくれない。炊事班長に会って、訳を話して拝んで、やっと三人分の飯を貰《もら》うことができたが、宿舎へ帰ったって食器は私の物しかない。二人は手ぶらで来たからなにも持っていない。

なのに二人ともなにもしようとせず、私がしてくれるのを待っている。幸い私の持って行った飯盒が中盒付きだったので、掛盒《かけごう》と蓋《ふた》を合わせると四つの容器ができる。それも使ってなんとか食事をすませたが、実にバカバカしい役割だった。

昼間、現地人の子供が鶏を一羽提《さ》げて売りに来た。それを買ってスキヤキにして食った。宿舎のそばには誰が植えたのか、放置されている葱畠《ねぎばたけ》があった。それを失敬して一緒に料理して食った。無能の下士官はそういうことになると一所懸命で、お陰で私の飯盒は焼け焦げのでこぼこにされてしまった。また炊事班へ頭を下げて調味料を貰ったりしたが、久しぶりに食う鶏と葱のスキヤキは美味かった。子供が毎日来たので、毎日買って食った。

二、三日して、何気なくズボンを捲《ま》くったら、膝から下の脚が皺《しわ》だらけになっていたのでビックリ、心配になった。しかし、体の具合はどこも悪くない。しばらく考えて、やっと気がついた。いままでは脚が浮腫《むく》んでいたんだ。それで体もだるかったんだ。アマハイでは誰もが太い脚をしていて、動作も緩慢だったので、それが普通だと思っていたのだ。それがアムランへ来て栄養のある物を食ったお陰で、急に浮腫みが治って、脚が皺だらけになったというわけだ。ということで大いに安心した。

なにもすることがないので、近くをぶらぶら歩いていたら三人の娘さんに逢った。ジャワを出て以来、女性を見たことがなかったので、懐かしかった。美人に見えた。最近メナドから来たと言った。とたんに煙の上がっていたメナドの飛行場を思い出した。

インドネシア人にもいろいろ種族があるようで、「メナド美人」という言葉を聞いていた。その娘さんたちを見て、なるほどこれがメナド美人か、と思った。彼女たちは色が白くて、ポッチャリと小太りで、日本人の体形とそっくりである。

彼女たちは片言で、ごく簡単な日本語を話した。私のインドネシア語も同様で、お互いに通じたか通じないか判らぬままに会話をしたが、その結果、私が承知したことは、彼女たちはメナドの慰安所で働いていたらしい。それが空襲が激しくなったので避難してきたのである。いまなにをして暮らしているのかしらないが、誘ったらOKしたかも知れない。と思うのはいまだからで、そのときはそんな考えは微塵もなかった。久しぶりに女性と話をしたので、楽しい気分で宿舎へ帰った。
一週間後、突然、迎えの飛行機が来た。急《せ》かされて私たちは乗り、アマハイへ帰った。

セレベス

セレベス島は、現在では「スラウェシ島」と改名されているようだが、私が行動したのはセレベスであり、私にはその記憶しかないから、今回はセレベスと旧名を使用させてもらう。

セラム島アマハイを撤退した七十五戦隊は、セレベス島のアンベシアに主力を移した。戦隊の移動は真先に行くのが飛行機と空中勤務者と本部、各隊の整備将校、下士官、という順序になり、ただの兵隊は後からということになる。

ただし、兵隊だけでは指揮をとる者がいないから、将校が一名残ることがある。そして人員を運び切れなくて残留者ができると、その将校は兵隊と一緒に死ぬことになる。ニューギニアのときは私はまだ大隊だったから、残された将校の名前は知らないが、フィリッピンでは吉野大尉という人が残って、兵隊と一緒に山の中で死んだらしい。

私が空輸されたのは最後の方になり、降りたところはアンベシアではなかった。短い滑路が一本あり、そのほかには飛行場らしい設備はなにもなかった。ことによると非常用の滑走路だったかも知れない。少尉を長とする大隊の分隊がいて、その世話になった。

間もなくアメリカ軍がフィリッピンに進攻し、七十五戦隊の主力は慌《あわただ》しくフィリッピンに移動した。アンベシアに残された兵隊がトラックで運ばれて、私たちに合流した。全部で四十人ほどになった。将校はいなくて、指揮者は少年飛行兵出身の電気のI軍曹だった。下士官はその人だけで、兵隊の先任者は十四年の前期のS兵長だった。I軍曹はふざけてばかりいる男で、厳しい軍律などなかった。ワイワイ和やかに暮らしていた。

その頃、口ずさんでいた替え歌にこんな文句があった。

♪ポマラよいとこだと誰いうた　うしろジャングルまえ海で

尾のない狐がいるそうな　おれも二、三度だまされた

誰が作ったか知らないが、「ポマラ」は自動車でなければ行けない遠い町で、私たちのいたところでは現地人の姿も見なかった。近くに人家があるに違いないが、だいぶ離れていたらしい。ときおり首に竹筒をぶら下げた水牛がカラン、コロンと音を立てて歩いてくることがあった。その人のいない部落を「タンゲタダ」と言ったような気がするが、確かなことではない。

飛行戦隊は飛行機を飛ばしているときは威張っているが、それだけに飛行機がなくなると惨めである。能無しの居候《いそうろう》になってしまう。

「遊んでいるのだから、大隊の仕事を手伝って下さい」と言われて交替で畠仕事に出た。私も一度出た。見事な籐の林があって、そのそばに畠が出来ていた。なにを植えてあったか思い出せない。

「野生の豚がいて、畠を荒らして困るんですよ。豚は利口で落とし穴を作っても、その手前で足跡が止まって、絶対にかかりません」と補充兵のおっさんが嘆いていた。

別の機会に野生の豚の死体を見たことがあるが、猪のように牙が生えていた。

畠仕事はそれっきり出たことがない。初年兵の私がそうだから、隊としても何度もなかったのだろう。戦隊の兵隊は役に立たなかったのかも知れない。

仕事がないから、毎日遊んでいた。フィリッピンで死闘を続けている戦友には悪いが、その数ヶ月は軍隊生活中で一番楽しかつた。アマハイが苦しかっただけに、開放された気分だった。任務がなくて、危険なこともない。この先どうなるか、ということを兵隊は考えなくてよかった。

運動不足になるので、バレーボールをやった。私など田舎育ちだからバレーボールなどしたことがない。見たこともなかった。航空隊には仕事や趣味で様々なことをした者がいて、それが指導係になる。椰子の木の間にネットを張って、それがバレーコートだ。そのときのバレーボールは九人制だった。私は下手なものだから「穴、穴！」と言われて、よくボールが飛んできたが、たいてい受け損《そこ》なってしまった。

運動で汗をかいても水浴びするところがない。井戸を掘ろうということで宿舎の近くに穴を掘ったら、それほど深く掘らないうちに水が出てきた。飲み水にはならなかったが、マンデーには差し支えなかった。

相撲をやろうということになって、土俵が造られた。私も子供の頃はよく相撲を取った。昔は遊びがないから、相撲がいちばん手っ取り早い男の遊びだった。だが正式にやったことはない。まわしの締め方など初めて習った。

相撲で強いのはS兵長と、同年兵のTだった。S兵長は体格がよくて柔道の有段者ということだったから強いのは当たり前。Tは体は小さかったが相撲クラブへ入っていたとのことで、練習で耳が潰れていた。私はマアマアといったところで、バレーボールのような失態はまぬがれた。

娯楽ではマージャン、花札、碁、将棋などしていた。用具は全部手製である。器用な兵隊がいて、その指示を受けながら、手伝って作った。私はそこで花札を覚えた。夢を見て、「赤丹か青丹か！」と叫んでびっくりして目が覚めたことがある。

蓄音機が一台あって、レコードも童謡から浪曲まで、かなりの枚数があった。ときどき聴く会をやった。その頃の針は現代と違って、鉛筆の芯《しん》ぐらいの太さで長さが十数ミリあり、先が細く尖《とが》っていた。レコード盤一枚ごとに針を取り替えなければならなかった。針の補充がないから、使った針を油砥石《といし》で研《と》ぐ係がいて、尖らしてまた使う。そうして繰り返し使った。

給与はあまりよくなかった。それでも食事に不平を言う者はいなかった。大隊も大変だろうと感謝していたくらいである。よくないと言っても、アマハイのときと比べたら雲泥《うんでい》の相違である。それに遊んで世話になっているのだからなおさらである。

どこから来るのか知らないが、現地人の子供が手製のカステラを売りに来た。顔馴染《なじ》みになって、「タロウ」と呼んでいた。カステラは弁当箱ほどの大きさで、一円だった。安いのでよく買って食った。そのせいか夜中に屁《へ》をする者が多かった。昼寝をするから夜眠れない。目を覚ましていると、あちこちで大きな音がするのだった。

一度、敵のＰ38が椰子の葉を揺るがすようにして飛んでいったことがあった。これは大変だ、宿舎が発見されたかも知れない、防空壕を造ろうということになって穴を掘り始めたら、みみず蛇がたくさん出てきた。みみず蛇は一見みみずにそっくりだが、小さいくせに猛毒があるという話で、防空壕造りは中止してしまった。幸い空襲などなかった。相手にされなかった、というのが本当だろう。

ある日、昼寝の夢から覚めかけたとき、エキゾチックなメロディーが聞こえてきた。

「あ、いい唄だなあ。誰が歌っているのだろう。インドネシアの唄かなあ」と思いつつ目が覚めたが、それは唄の好きな古参兵が歌っていた「ジャワのマンゴー売り」という唄だった。灰田勝彦が歌って人気を得た唄だが、いま聞いても懐かしい。

唄のように、ジャワではよく路傍でマンゴーを売っている女性の姿を見かけた。籠《かご》の上にあの楕円《だえん》球形のマンゴーを上手にピラミッド形に積み上げて、しゃがんで客を待っている。一度も買ったことはないが、いまもああいう素朴な風景が残っているだろうか。

宿舎のそばにマンゴーの木があった。五、六メートルほどの木で、枝が沢山あって登り易かった。枝の先に実がいっぱい生《な》っていて、そろそろ落としてもいい頃じゃないか、と古参兵の指示で採ることになった。

実を落とすには木に登って枝を揺する。ボタボタと落ちる。——というと簡単なように聞こえるが、とんでもない。マンゴーの木には飴色をした大きな蟻が行列を作っていて、その蟻は噛みつくと首がとれても離さない。たいへん痛い。だから真剣な作業である。

蟻の行列を避けながら登ってゆき、ここぞと思うところで目を瞑《つむ》りながら枝を揺すり、大急ぎで降りてくる。それでも一匹や二匹の蟻に食いつかれている。こういうことを交代で何回か繰り返し、戦争のような作業を終わる。収穫した実はすぐには食えないから、ドンゴロスに入れて床下に置き、熟《う》れるのを待つ。

落ちないで枝先に残っている実が一つあった。だんだん熟れて黄色になってきた。ある日、風が吹いてきた。私がその実を見ながら、祈る気持ちで「落ちろ」と言ったら落ちてきて、私は両手で受けた。このとき私は祈ることの奇跡を感じたが、その後は一度もなかったから、ただの偶然だったのだろう。

その木と違って、もう一本のマンゴーの樹が生えていた。これは波打ち際の近くに亭々《ていてい》と聳《そび》え立つ大木だった。直立して枝は遙か上方だから登ることなんかできない。種類も違うらしく、その樹に生《な》る実は小さくて偏平だった。赤く色づいて甘かった。

その樹に拘泥《こうでい》したのは私だけだった。石を拾って力いっぱい上に投げる。石はあちこちに触れながら枝をくぐり抜けて落ちてくる。根気よく続けていると、たまには実が一緒に落ちてくることがあった。終《しま》いには肩が痛くなり、指が太くなった。努力に対して、極めて報われることの少ない作業である。しかし、私は独りでよくこの仕事を続けた。なにしろ私は暇だったから。

また別のある日、よその隊の車に便乗してどこかへ遊びに行っていたS兵長が、ドンゴロス一杯のドリアンを持って帰って来た。私は歓声を上げた口だが、嫌いな者もいて、一騒動起こった。

昔、不幸な王子がいて、来世は顔や形はどんなに醜くてもいいから、人に好かれるものになりたい、と願って生まれたのがドリアンだという昔話を聞いたことがある。

ドリアンはラグビーボールのような形をした大きな果物だが、外は固い殻に覆われ、太い棘《とげ》が生えている。素手では扱えないから編上靴の踵《かかと》で蹴ると縦に割れて、四つか五つだったかの部屋があり、そこにクリームのような柔らかい肉の付いた種が数個並んでいる。それを二本の指で掬《すく》って食うのであるが、その触感と味はなんとも言えない。「果物の王様」と呼ばれるのは宜《むべ》なるかな、と納得できるのである。

ドリアンの美味《うま》さを知らない人に、それをどう説明しようかと考えたことがあった。そして得た言葉はこうであった。「上等のシュークリームがあるでしょう。それはドリアンの干物のようなものです」

ただし、ドリアンには日本人に耐えられないほどの悪臭があって、それで食わず嫌いの人が多い。私が初めてドリアンを口にしたのはどこだったか思い出せないが、とにかく腹を減らしていたときに違いない。たまたま戦友がどこからか算段してきて、「食ってみろ、美味いぞ」と勧めてくれた。言われた通り鼻を摘《つま》んで一口食ったのが始まりで、いつの間にかその臭いまで好きになった。

「ドリアンを食った奴は宿舎に入るな！」と喚《わめ》く古参兵もいて困った。ドリアンを食った者が部屋にいるだけで、その部屋全体が臭くなるのだから、嫌いな者はたまらない。ギョウザを食った者が傍《そば》にいると臭くて困るが、ドリアンの臭いの強烈なこと、ニンニクの比ではない。しかし、騒ぎはドリアンの悪臭を認識させただけですんだ。ドリアンの土産を持ち帰ったのがS兵長だったからである。

その後、ジャワへ帰ってからは、ドリアンの樹をよくトラックの上から見かけた。青桐のようにスッと立って、高い所に枝葉を繁らせ、実をつける。実は明け方によく落ちるとのことで、土地の人は樹の下に座って落ちるのをいつまでも待っているという、昔話のようなことを聞いた。真偽のほどは判らないが、こういった話は穿鑿《せんさく》しないほうがいい。


兵隊になって三度目の正月をここで迎えた。マランと違って、正月らしいご馳走はなかったと記憶しているが、祝い酒は出た。なかなか出ないので催促に行ったら、戦隊の人は朝から酒が飲みたいんですか、と言われた。

このとき近くに海軍も少数いて、合同で演芸会が催された。同年兵に島根県の男がいて、安来節が上手だった。その踊りをすることになり、私に女役をやれと言ってきた。ひたすら謝って勘弁してもらった。代わりに森が臑毛《すねげ》を剃って、どこから捜してきたか赤い着物様の物を着せられて一緒に踊ったが、練習の甲斐あって好評だった。

そのほかに「二人羽織」という寸劇をほかの者がやった。これも同年兵だった。海軍の若い兵隊が水兵服を前後逆に着て、柳家金語楼の「――北海道まで逃げたっけ……」という文句が何度も入る落語をやった。演芸会についてはそれだけしか覚えていない。

ご馳走はなかったが、まずは平穏無事な正月だった、と言うべきだろう。セレベスで纏《まと》まった記憶として残っているのはこの辺りまでである。

七十五戦隊はフィリッピンでほとんどの飛行機を失い、部隊を再編するために内地へ帰るらしいという噂が伝わってきた。早く本隊に合流したいという思いが強くなった。

それから間もなく移動が始まったように憶《おぼ》えている。

私たちに対する命令は、どこから来て、誰が受け、誰が伝達するのか、その辺りのことはさっぱり判らない。気にしたこともなかった。私など初年兵は、古参兵に言われた通り行動しているだけだった。セレベスを離島するまでの間にはあちこち移動して、短期間滞在することもあったのだが、みな断片的な記憶でしかない。そのいくつかを書き記しておく。

ポマラの町で空襲を見た。Ｂ24が編隊で爆撃に来た。ポマラには鉱石の精錬所があって、たびたび空襲を受けたらしい。「溶鉱炉の修理が出来ると、かならず爆撃に来る。スパイがいるらしい」と語っているのを聞いた。

高射砲の陣地があって、黒い弾幕が空を覆うほどできた。それがみんな飛行機の後ろにできる。見ていて歯痒《はがゆ》い。アマハイのおっさん部隊の高射砲の方が遙かに正確だった。

「前を撃て。もっと前を撃て！」と言ってみるが、願いも声も届かない。

「後ろを撃つから後射砲って言うのだ、と参謀が言っていた」と当番兵をしたことのある同年兵が言った。巧いことを言う、と笑えない冗談だ。参謀も高射砲の命中率の低いのに悩んでいたのではないか。

セレベスは海軍の島だから、ゼロ戦が飛んできてもよさそうなものじゃないか、と思ったが、戦闘機の邀撃《ようげき》はなかった。戦闘機はもういなかったのかも知れない。結局、空襲はされっ放しだったのか、溶鉱炉は無事だったのか、その場限りのことだったので詳しいことは知らない。

どこでだったか、空襲で一トン爆弾の延期が飛行場の滑走路に落ち、穴が開いた。初めて見たが、一トン爆弾の穴は魂消《たまげ》るほど大きい。水が溜まったらプールができるだろうと思うほどである。この頃の敵は、穴を開けて飛行場を使えなくするという作戦に転じたようだった。やたらに穴を開ける。

飛行機のいない飛行場が多いから、瞬発では爆弾が無駄になる、とでも考えたのだろう。土木機械をろくに持たない日本には、その方がこたえるのである。舐《な》められたものだ。

付近の部隊は全員集合で、徹夜で穴埋めをした。ブルドーザーもないのだから、全部、人力でやるより方法がない。ドラム缶を集めて、それを穴の底に立てて並べ、その上から土をかける。シャベル一つの土は耳搔きぐらいの効果しかない。

全員を半分に分けて、三十分ずつの交替で懸命に作業を続けた。そして夜明けまでに穴を埋めてしまった。一つだったからいいようなもので、二つ、三つとなったら幾日かかるか判らない。

宿舎のそばに竹藪があって、筍《たけのこ》が出ていた。茹《ゆ》でてから煮たが、えぐくて食えなかった。里芋らしい物があったので食おうとしたら、やはりえぐくて食えなかった。前線ならなんとか食おうと努力するのだが、セレベスではそれほど空腹ではなかったから、一度試しただけで止めてしまった。

ある日、餡《あん》の付いた物が出た。ぼたもちだったか大福だったか、その辺りの記憶はない。何年振りかのご馳走で美味かった。森がそれを食ったら体中にジンマシンが出て辛そうだった。鯖《さば》でジンマシンになるということは聞いていたが、アンコでなるとは知らなかった。森は気の毒な男だった。

「今度支給になったら、おれが代わりに食ってやるからな」と約束したが、その後は出なかった。出ないうちに移動してしまった。

腸チブスの患者がどこかの部隊で出たらしく、一斉に検便があった。面倒なものだから、一人の便を大勢で分けて提出したら、たまたまその男が保菌者で、全員隔離されることになり、トラックに乗せられ、「行ってきまーす」と賑やかに出発した。移動があったらどうなるか、と心配していたが、すぐ帰ってきた。そこで教訓。——他人の便は絶対に貰うものではない。

高い山の連なる尾根道をトラックで運ばれた。その風景はこれまでに見たことがないほど素晴らしかった。途中に村があり、小さい市場のようなものがあったので立ち寄ったが、言葉が通じなかった。都市とは交流がないのかも知れない。これを「チャンバ越え」と言ったような気がするが、全然違うかも知れない。

大発艇で湾を渡った。激しい風雨で舟は波間に翻弄された。ハッチが壊れて浸水してきた。何人かが必死で沈没を防いでいた。私は固く目を閉じて装具に寄り掛かったまま寝ていた。私にはどうすることもできない。このまま舟がひっくり返って死んだっていい、と思っていた。

それでも舟は、沈まずに対岸に着いた。上陸しても、まだ私はふらふらしていた。ワタンポネというところに着いたと思う。

港を離れた船が、湾の入口でＢ24の直撃弾を受けて、またたく間に沈んでしまった。あれはマカッサルだったと思う。一式戦が体当たりをしてＢ24を落とした。騒然となった。

そのことを現地人に向かって宣伝している人がいた。軍服とは違う服を着ていたから、宣伝班の人かも知れない。

沈没した船に、幡谷が乗っていたということがやがて判った。幡谷はバンドンの初年兵教育で一緒だったが、気合の入った男だった。それがどう誤解されたのか、教育が終わるとすぐ転属させられてしまった。転属先でも成績優秀で、すでに伍長になっていたということである。部隊のほとんどが船と運命を共にしてしまったものと思われる。

七十五戦隊はすでに内地へ帰還し、新鋭機キ－102を受領して訓練している、という情報が伝わってきた。本隊に合流するには、まずジャワ島へ渡らなければならなかった。私たちは小さな輸送船に乗った。港がどこだったか覚えていない。

ジャカルタ

昭和二十年の四月、危険な海を渡って、セレベスからジャワに着いた。ジャカルタの兵《へい》站《たん》に入った。兵站とは、後方基地にあって物資の補給をしたり、移動途中の兵隊が仮の宿舎にするところである。本隊を追って内地へ帰るのは無理な話と諦《あきら》めていたが、命令が届かないから兵站で徒食をしていた。

ジャワには硝煙の匂いがなかった。私は戦争らしいことはなにもしていなかったのに、ジャワへ来て緊張が解けたように感じた。兵站の生活は、前線帰りの褒美《ほうび》の休暇のような気分だった。

十九年以降、遅れていた俸給を纏《まと》めて貰った。これまでは前線暮らしで金の遣い道がなかった。一昨年の暮れにマランを出てから買い物をしたといえば、セレベスで鶏を買ったことと、タロウの売りに来るカステラを何度か買っただけである。従《したが》って俸給のことは念頭になかった。兵隊の少ない俸給でも纏めれば大金になる。思いがけない金が懐に入って、裕福な気持ちになった。

加給品として、洋服生地のような布を貰った。こんな物、なにするんだろうと思っていたら、夜、インドネシア人が裏の川を泳いできて、布があったら売ってくれと言う。必要のない物だからその気になって渡したら、彼は片手で品物を差し上げて川を上手に泳いでいった。インドネシア人を信用していたので、不安はまったく感じなかった。待っていたらやがて泳いできて、金をくれた。いくらだったか憶《おぼ》えはないが、いい値段で売れたような気がする。

「靴下はないか?」と訊《き》かれた。ただし兵隊の靴下は駄目、ということだった。日本の軍隊の靴下は踵《かかと》がないから、商品価値がないらしい。戦友の話では褌《ふんどし》まで買いにきたそうで(もちろん新しい品だが)、「そんな物まで買いにくるんだよ」と呆れていた。

「なんにするんだろう」

「乳隠しを作るそうだ」

「まさか!」男の褌がブラジャーになるなんて、どう考えても作り話のようだが、嘘だとも断定できない。

私の知っていたジャワは物資が豊富だった。それがしばらくぶりに帰ってみれば、その面影がない。ジャワはすっかり疲弊《ひへい》してしまった、と思った。そんな空気が兵站の中に住んでいても感じられるのだ。私はただの兵隊であるから、責任を負うことはできないが、インドネシア人には気の毒な気がした。

ジャカルタには日本人専用の映画館があった。毎週引率されて見に行ったと思うが、どんな映画を観《み》たかまるっきり記憶にない。――そこでだったかどうか、バリー島の踊りを見たことがある。たしか「ビンタン・スラバヤ」（スラバヤの星）という舞踊団だったと思うが、本格的な踊りを見て、「あゝ、バリー島の踊りはいいなあ！」と感嘆した。あれをもう一度見たいという思いは、いまも持ち続けている。

その映画館では合間に日本のレコードを放送していた。それが童謡が主で、何曲もないから、同じ歌ばかり聞かされているような感じがする。

「われわれの持っているレコードを貸してやろうじゃないか」というような相談があって、誰かがそれを楽屋に届けた。「さあ、今日はいろいろな曲が聞けるぞ。ほかの客も喜ぶだろう」と待っていたら、懐かしい曲が聞こえてきたはいいが、思いがけないガッカリする結果になってしまった。

セレベスでは何度も針を研《と》ぎながら繰り返し聞いていたため、レコード盤に細かい疵《きず》ができてしまったらしく、拡声器にかけたら雑音が混じって聞き苦しかったのである。内心自慢に思っていただけに恥ずかしかった。

兵站の生活は退屈だった。しかし、勝手に外出することはできない。そこで先輩が考えたことは、訓練と称して外へ出ることだった。運動する恰好《かっこう》で、四列縦隊に並んで、オイチニと声を揃えて駆け足で門にさしかかる。指揮者が衛兵に対して敬礼をする。無事、外へ出る。

駆け足で動物園へ行ったのを覚えている。いまとなっては見当もつかないが、そう遠いところではなかった。かなり広い敷地の中にいろいろな動物が飼育されていたが、見物客を見かけなかった。当然、飼育係もいるはずだが、姿を見なかった。日本の兵隊が来たというので出てこなかったのか、その辺りのことは知らない。

なんという動物がいたか、大方は忘れてしまった。蛇とか猛獣たちは巣の中に籠もったまま出てこなかったので、つまらなかった。コモドトカゲを初めて見たが、二メートル以上ある巨体を揺るがしながら、のしのしと歩くのは壮観だった。

一番人気のあったのは河馬《かば》だった。河馬は図体の大きなわりに臆病な動物と見えて、プールの中に隠れて水面に目と鼻の穴だけを出して、ときどきプーッと息を吐いて、出てこようとしない。

そこで付近の草を摘《つ》んで、塀の上から身を乗り出すようにして、見せびらかしてやる。根気よく続けていると、河馬は餌が欲しくて我慢できないのか、それとも今日の人間どもは悪い連中ではなさそうだと安心するのか、ゆっくりとプールから上がってくる。

河馬くんは塀のそばまで来ると、大きな鞄のような口を開けて、早く餌を入れろ、という風に催促する。草を放り込んでやると、ぱふん、ぱふんと音をたてるような感じで食う。食い終わると、また大きな口を開けて催促する。口を開けたままでいつまでも待っている。もし貰えなかったら、日が暮れるまで口を開けているのか知らん、と感心するほどだ。

何度か餌を与えて、十分打ち解けた頃、悪戯者《いたずらもの》が塀を飛び越えて中に入り、「ソレーッ」と声を挙げて河馬の尻を両掌でピシャピシャと叩く。河馬はびっくりして、プールの中に逃げ込みたいが、蛙のように簡単に飛び込めない。そこでヨチヨチとプールサイドを走って逃げる。その恰好がなんとも言えず可笑《おか》しかった。

兵隊は悪意をもってしたことではないが、河馬くんにとっては迷惑なことだったろう。河馬はどれくらい長生きするものだろうか。もうあの世へいってしまったかも知れないが、生きているなら「河馬くん、ごめん」と一言謝りたい。

私たちが寝起きしていた宿舎の窓の外は狭い空き地で、隣との境には荒い金網の塀が張ってあった。金網の向こうには平屋建てのアパートが一戸、こちら向きに建っていて、四、五軒のインドネシア人の家族が住んでいた。そこは電灯会社の社宅ということだった。その中の一軒に住む、姉と弟の子供と私は仲良しになった。姉は小学校の一年生で、弟は当然、未就学である。姉弟の名前は覚えていたのだが、いまは忘れてしまった。

私ばかりでなく、兵隊は子供が好きである。子供を見ればすぐ話しかけたくなる。どんなきっかけか思いだせないが、私は姉弟と口をきくようになり、友達になった。金網のこちらと向こうで、ときには金網につかまったり、ときには穴から手を差し出したりして、片言の会話を続けた。会うのはいつも姉弟一緒のときで、従って午後も夕方に近い時間が多かった。私はそのとき子供に還っていた。

私はこの子供たちになにかプレゼントをしたかったが、前線帰りのこととてなにもない。雑嚢《ざつのう》の底に禿《ち》びた色鉛筆があったので、それを姉にやった。弟にはなにもない。金をやっては失礼になる。

ある日思いついて、金を渡してザボンを買ってきてもらった。それを剥《む》いて三人で食った。金網を隔ててだから不自由なところはあったが楽しかった。

休暇は終わった。私たちの転属先がきまって、明日出発ということになった。夕方、これが最後かと思いながら幼い姉弟に会った。さよならを言いたいが、軍の行動は機密だから口に出せない。思いを籠めて金網の間から手を入れて子供たちの手を握った。そのとき姉が言った。

「わたしは、あした学校へ行くから、あなたの出発を見送ることができなくて、とても悲しい」

こんな長い言葉をすらすらと言ったわけではなく、聞いたわけでもない。迷いながら、単語を考えながら、インドネシア語と日本語を混ぜて懸命に言うのである。それを組み立てて理解するというわけだ。

明日兵隊が移動するということは、誰から聞いたのか、彼らは知っていたのだった。それは兵隊の私が思っているほどの重要事項ではなく、外部と折衝する係から洩れていたのかも知れない。

翌朝、私が支度をしながら窓の外を見ていると、アパートの扉が開いて、肩から小さな鞄をかけた姉娘が出てきた。遅刻しそうになっているのか、彼女は跣《はだし》で表の方へ駆けて行った。その姿がいまも網膜に焼きついている。

あれからもう六十年近く経つ。丈夫でいるとすれば、当然、姉も弟も六十歳になっているはずで、子や孫に囲まれていると思うが、いくら想像しようとしても、子供の姿しか浮かんでこない。

王様と乞食

ある古参兵が言った。「兵隊というものはな、ときには王様のような暮らしをするし、ときには乞食以下の生活もする」——私も兵隊だったが、王様のような生活には恵まれなかった。乞食以下の生活ならしたことがある。

その古参兵は中支にいて、大東亜戦争が始まると、マレー半島を南下してジャワ島に落ち着いた。その間、官給品といえば略帽（戦闘帽）しか身につけたことがなく、官給品は荷造りしたまま、移動につれて自動車で運んでいたということである。

行く先々に敵サンが置き去りにした物資が山のようにある。手当たり次第利用して、衣類など一度着たら捨ててしまう。そういう生活だったらしい。もちろん、服装を整えての点呼などなかったのだろう。

十七年の七月、私たち初年兵が転属の途中、迎えを待っていたシンガポールのテンガー飛行場の宿舎にも、まだ敵サンが残していった物が散乱していた。同行の下士官が拾った手帳を読んで、これは若い整備兵らしいと言った。逃げる兵隊の慌《あわただ》しさが感じられた。恋人や家族の写真を持って逃げるのが精一杯だったのではないか？　そのあとへ乗り込めば敵サンの残した物資が沢山ある。

内地では不足している砂糖が、倉庫から溶けて流れ出て、前の道路に厚く積もっていた。布生地の丸い梱包を転がして床に敷き、向こう側に届くと、今度はこちらへ転がして遊んだ、という話も聞いた。その他捨てていった物には自転車、自動車、燃料、弾薬から飛行機まであった。爆弾まで敵サンのものを使わせて貰ったという話だ。

相手は逃げる一方で、こちらは追いかける方だから、勝ち戦《いくさ》は楽である。私のように一足違いで遅れて兵隊になった者は、勝ち戦は知らず、味わったのは負け戦だけだった。

その古参兵は私物の自転車を持っていたとのことだった。将校では自動車を持っている人もいた。部隊長は軽飛行機さえ持っていた。

余談になるが、私が転属した頃の三十五飛行場大隊の隊長は飛行機の操縦ができた。よく知らないが、飛行戦隊の出身だったかも知れない。隊長は敵サンが置いていった軽飛行機（ライアンといったと思う）を私物のようにして、ときどき空を飛んでいた。出張のときは副官を乗せてそれで出かけた。

ある日、飛行場周辺の空を飛んでいるとき、燃料弾薬庫の歩哨が土手の上で昼寝しているのを見つけた。歩哨もまさか空の上から見られているとは知らないから油断したのだろう。歩哨も、その上司も、こっぴどく叱られたということである。

勝ち戦で進撃中には、汚れたシャツは捨てて新しいシャツを着たり、山のようにある缶詰を好きなだけ食ったり、したい放題のことができたに違いないが、それが「王様のような暮らし」とは言えないだろう。——しかし、それを王様のような暮らしと思った兵隊がいたのである。

いったいに、日本の軍隊の兵隊は貧しい育ちをしていた。私も貧しい百姓の子だったが、それでも主に米を食って育った。しかし同じ百姓でも、米を作っていながら碌《ろく》に米を食えない土地もあったらしい。その兵隊にとっては、初めて味わった物を無駄にできる生活が、王様の生活に思えたのかも知れない。胸の痛む話である。

その古参兵とはチモールで別れたきり会っていないから、生死のほども知らない。

私たちは内地へ帰った本隊を追って、運よくセレベスからジャワへ渡ることができた。それまでで、私たちはバラバラになって、ジャワにいた各部隊に転属させられてしまった。私はマランにいた部隊に少数の仲間と一緒に転属したが、その部隊の名もいまは覚えていない。年をくった補充兵ばかりで、規律もなく、軍隊だか軍隊でないか判らないような部隊だった。終戦時には、そういう部隊がたくさん出来ていたのではないかと思う。

転属したと思ったら、すぐ他の部隊へ勤務に出され、帰ったら間もなく終戦になった。

終戦後、ジャワ島では各部隊、または各人の身の処し方が複雑だったようである。ジャワを出るまで兵器を手放さず、堂々としていた部隊もあれば、インドネシアの独立戦に協力した隊や個人もあったらしい。私たちの部隊は直ちに兵器を返上し、丸腰になって、自活のため山中に籠もった。ようやく準備が整った頃、武器を持ったインドネシア人に囲まれて、仕事姿のまま抑留されてしまった。

「承詔必謹《しょうしょうひっきん》のため、ただいまより行軍を開始する」と部隊長が叫んだ。すでに日が暮れかけていた。夜通し歩いたような気がする。途中のカンポン（村）で休憩したとき、住民が水の接待をしてくれた。諍《あらそ》うようにして飲んだ。私は最後の方になり、使っていた竹筒のコップを貰った。

戦争中、現地人の苦力《クーリー》を使うことがあったが、彼らはそれぞれ自分の食器を腰に下げていた。金属の皿もあれば、椰子の殻を切った椀《わん》もあった。食器は他人から食を貰うための必需品であった。抑留されてみて、それがよく判った。いつの間にか、どこから、どうして手に入れたか、誰もが自分の食器を大事に持ち歩くようになった。

私の竹筒は、雑炊《ぞうすい》を貰うには小さすぎた。しかしお代わりはできない。各自の差し出す容器にそそいで、それで終わりである。大きい容器を出したからといって、それにいっぱい配られるわけではないが、大は小を兼ねるというから、小さい竹筒では困るのである。

最初収容されたのは、麻工場の跡らしかった。倉庫にくず麻があって、それで枕を作った。すぐ別の場所に移され、そこは砂糖工場の跡だということだったが、その痕跡はなにもなかった。

ここへ移って間もなく、「ラウテン西飛行場」で書いた同年兵の高橋が、屋根のトタン板を叩いて椀を作ってくれた。高橋は東北の出身だが、入隊前は板金工をしていたということで、わたしは大いに助かった。それを大事に持ち歩いて、復員するときも家まで持ち帰ったが、事情を知らない家族によって、猫の餌入れにされてしまった。

支給される食事は、夜だけトウモロコシ入りの握り飯が出た。トウモロコシだけでは握れないから、つなぎに米を使ったという感じの握り飯だった。それを炊《た》いたおこげが釜にくっついている。それに水を注いで沸かしたものが朝食代わりになった。

椀の中に数粒の飯が入っていれば運がいい方だ。昼にはタピオカ芋が一本、小さいと二本出た。それだけだった。労働するからもう少し食糧を増してくれと交渉したらしいが、拒絶されたということである。

抑留されて間もなく、若い兵隊から、これではジリ貧になってしまう。体力のあるうちに闘おう、という話が持ち上がったが、年取った曹長に諄々《じゅんじゅん》と諭《さと》されて、立ち消えになってしまった。

夜になると、ジャガー（番兵）の目を盗んで村の人が物を売りに来ることがある。買おうと思っても金がないから、持ち物を売って買うか、物々交換という形になる。こうして食糧を得た者は親しい戦友を誘って、庭の隅で細々と炊煙を上げる。しかし着の身着のまま抑留されたのだから、売る物がそうあるわけではない。

ある日、マランでは同じ機付だったTが姿を見せた。彼はドンゴロスで作った汚いパンツ様の物を穿《は》いたきりで、ほかにはなにも身に着けていない。全部食糧に換えてしまったというのである。そんな姿になりながら、Tはその次第を朗らかに語った。この男はどんな状況になっても生きてゆくだろうと思った。

ジャガーに時計を売ろうとした兵隊がいた。ジャガーは金を払わずに時計を持って逃げた。兵隊はそれを門外の番小屋まで追って行き、それっきり帰ってこなかった。このことは秘匿《ひとく》された。

塩がないのが辛かった。人間には塩が必要だと知ったのは抑留生活においてである。後のこと闇で手に入れた塩を一摘《ひとつま》み朝の雑炊（？）に入れたら、踊りだしたいほどの美味さだった。あんな思いを現在では経験できない。いま煙草と塩が悪役にされているが、私は同調する気になれない。

みんな便秘になった。一週間に一度ぐらい庭の隅にある細い排水溝にしゃがんで便をするのだが、痛くて辛かった。溝が出血で赤く染まっていた。トウモロコシの皮か、木の葉で尻を拭いた。

誰が始めたか、屑麻で糸を縒《よ》ることが始まった。その糸で網を編んで袋を作る。みんなが始めた。私も見よう見真似で網袋を作った。その中へ大事な物を入れておくのである。大事な物とはなにか？　それは各人によって違うが、人間貧しさの極限になるほど、自分の宝を欲しがるもののようである。それは子供のときと変わらない。一番大切な物は食器であるが、次の物は形の気に入った石ころであったり、虫の食った木の葉であったり、様々である。

人間は体力の衰えている方が、退屈な仕事ができるようである。糸を縒って網を作る仕事もそうだが、虱《しらみ》取りも根気の要る作業である。褌やズボンにつく肌虱よりも、陰部につく毛虱の方が取るのに時間がかかる。肌虱が白くてマンドリンのような形をしているのに比べ、毛虱は黒くて平たい蜘蛛《くも》のような形で、何匹も毛根にしっかりと食いついている。捜しながら、それを爪楊枝《つまようじ》様のもので剥がしてゆくのだから、時間がかかる。元気なときには面倒臭くて嫌になる。そんな仕事を一時間でも二時間でも厭《あ》きずに続けていた。取り尽くしたと思っても数日後見ると、同じように何匹も食いついているのだった。

廃屋になった小さな倉庫があって、窓の敷居にレール代わりの二センチ幅の板金が敷いてあった。それを折って、コンクリートの床で擦《こす》って切り出しナイフを作った。それで下駄を作った。幾日かかったか覚えていない。そんな根気の要る仕事が、体力のないときはかえってできた。

兵隊は元気なときは女の話ばかりしていた。上品な表現などできないから、具体的である。それが抑留生活が始まって日が経つにつれ、女の話をしなくなった。体の衰弱が進むと、聞いただけで気持ちが悪くなった。

衣食足って礼節を知る、という言葉があるが、これにつけ加えるべき言葉を得た。――食足って性を知り、衣食足って礼節を知る。――もっとも平成の社会では衣食は余るほどだが、礼節は知られていないようだ。衣食というのは足り過ぎてもいけないのかも知れない。

みんなが痩せてゆく中に、いつも中隊長の側にいる曹長だけが、相撲取りのような腹をしていた。終戦前になにか悪いことをして金をつくり、うまくその金を身につけていたらしい。

私たちは横目でそれを見ていた。しかし、とうとう金を遣い切ったらしくて、その太鼓腹がだんだん引っ込んで、終にみんなと同じようになってしまった。その男は人一倍辛かったのではないかと思う。

収容所で人間らしい体をしているのは炊事の係だけだった。彼らだけは働いていて、それに好きなだけ食える立場にあった。痩せた連中は誰も羨《うらや》ましく思っていたが、憎んだりはしなかった。

どれくらい痩せたかと計ったことがある。仰臥《ぎょうが》して腰骨と腰骨に紐を張ったら、紐と腹の隙間に掌《てのひら》が入った。

朝起きると屋外で点呼というよりただの人員調べがあり、そのあとラジオ体操があった。体操はしてもしなくてもよいことになっていたが、真面目なつもりで体を動かしたら、あとで体の震えが止まらなくなった。自分の体には体操するエネルギーもないんだと悟って、それからは静かに寝ていることに努めた。

一枚しかないシャツを盗まれて困った。下駄ができたので靴を売った。その金で、二枚持っている人から分けて貰ったが、ボロで着ることができない。非常時にだけ着ることにして、畳んで網袋に入れ、枕にしていた。

私たちはずっと倉庫のコンクリートの上に一枚のアンペラを敷いただけで、その上に裸で寝ていたが、気候風土のいいジャワだから死なずにすんだものと思う。——そこで正月を迎えた。

正月だからといって、変わったことはなにもなかった。夜明け前、私は庭にある貯水池の中へ入って体を洗った。身を清めたつもりになって、遙かな故国に向かって頭を下げた。昭和二十一年の正月だった。


一度、上空に飛行機が飛んで来たことがあった。旋回してなにか落とした。ジャガーが鉄砲を鳴らしてそれを持っていってしまった。なんのことか判らなかった。

日本兵は島外に出そう、と上層部の会談がすんで、夜、連絡将校が来たのは、次の収容所へ移って、だいぶ経ってからのことだった。

小橋兵長のこと

バンドンで毎日、格納庫に通って特業教育を受けたとき、実際に指導してくれたのが小橋上等兵だった。マランへ移って各小隊に配属されたとき、私の三小隊にその人がいた。兵隊では最古参の十四年の前期だった。初年兵としては、馴れなれしく口のきけない人である。

小橋上等兵はおとなしい人だった。大きな声を出さない人だった。四角張った顔をして、眼が細かった。笑うときは顔を上向きにして笑ったが、眼がなくなった。私はこの人には直接怒られた記憶がない。

マランでは私たち大隊の整備中隊も、毎日飛行場に出た。私は三小隊だったので、戦隊の三中隊に協力した。私は戦隊の○○軍曹の機付兵となった。という記憶は間違いないが、それがすべてではない。ほかの機の手伝いもしたからである。初年兵は、おまけに大隊の初年兵など戦力にされず、あちこち雑用に使われていたのかも知れない。

機付長というのは主に軍曹がしていた。曹長が一人いたような気がするが、新米の曹長だったかも知れない。全般を見る機関係は古参の曹長だった。伍長は機付長の輔佐役だった。私の班長宗軍曹も機付長で、班付下士官の木下伍長はその手助けをしていた。

例外があった。それは小橋上等兵で、彼は兵隊でありながら、しかも大隊の兵であるのに、一機の責任者になっていた。それも中隊長機の機付長だった。本来なら戦隊の先任下士官がするべき役目だった。

「小橋の機なら豪州へ行ってこれるだろう」

と戦隊の下士官たちが話し合っているのを聞いた。それだけ燃料消費量が少ないということだろう。九九双軽は足が短いから、豪州攻撃は無理と言われていたのである。小橋機の排気管は綺麗に乾いていた。ほかの機は多かれ、少なかれ油や煤《すす》で汚れていた。

私はどうして小橋上等兵が戦隊の中隊長機の機付長をしているのか、経歴を知りたいと思ったが、訊《き》く機会を得なかった。

チモール島では、私たちは機付兵として働くことがなかったが、その頃の小橋上等兵の姿がない。チモールへは来なかったのか、その辺りの記憶がどこを捜してもないのだ。

次に会うのはジャワである。私がチモールから帰った当時、マランには満期兵が集合していた。小橋上等兵も兵長になってその中にいた。しかし満期除隊は延期されて、また前線へ戻ることとなる。

　十二月半ば、私は輸送船でセラム島に行くことになった。当時、七十五戦隊はセラム島のアマハイに本部を置き、ニューギニアのホーランジャに展開していたので、協力大隊である三十五飛行場大隊も、セラム島に集結しつつあった。出発するとき、私は小橋兵長から荷物を預かった。それは大きな革製のトランクだった。バンドが二本かかっていた。満期兵は誰もが内地へ帰るときの用意に、土産物を集めていたのである。

　小橋兵長も当然、セラム島に行くものと思われた。しかし命令はまだ出ないし、行くにしても飛行機で行くようになれば、大きなトランクは運べない。そこで輸送船で先発する私に託されたのである。私は確かにそれを預かった。

　私の乗った輸送船は途中で敵機の爆撃を受け、破損したので海軍の護衛艦に移り、アンボン島で船が修理を終えて来るのを待ったりと、いろいろなハプニングがあったけれども、私は無事セラム島に着き、トランクも一緒に部隊へ着いた。しかし、小橋兵長はいつになってもセラム島へ来ず、私は主のいないトランクを守って暮らしていた。

　飛行部隊の編成替えがあって、飛行場大隊は警備中隊だけになり、整備中隊は戦隊に転属することになった。私は三中隊だった。顔見知りが多かったから、気苦労は少なかった。その転属で、小橋兵長は私が名も知らない部隊へ転属されたのだった。命令書でそれを知った。飛行機とはまったく関係のない地上部隊だったように思う。あたら才能のある人を！　と私は思った。

　ホーランジャで日本の空軍は敗退した。戦隊は多くの兵隊を置き去りにする慌《あわただ》しさでアマハイに引き上げ、細々と苦しい囮《おとり》作戦に従っていたが、命令が出て、徐々にセレベス島へ撤退することになった。

　その先発として、二艘の舟が機材を積んで行くことになった。大きな物は飛行機で運べないからである。制空権は敵にあって、カヌーのような小舟でも銃撃されるほどだったから、舟は決死隊のようなもので、無事到着できる可能性は低い。悲壮感が漂った。その舟に、飛行場大隊から同じ班だった一年先輩の、小山上等兵が乗ることになった。私は小橋兵長のトランクを彼に依頼した。

　その前、私はトランクを諦《あきら》めようとした。小橋兵長には悪いが、こんな状況ではとても守りきれない。私の責任で捨てようかと思った。ところが、小山上等兵はうまく舟に積み込んでくれたのである。

　私は飛行機でセレベスの片田舎にある飛行場に着いたが、間もなく部隊はフィリッピンの戦場に移動し、私たちは取り残されて、そこで大隊の世話を受けながら遊んでいた。——奇跡に近い。小橋兵長のトランクが、小山上等兵と共に着いたのである。

　フィリッピンで七十五戦隊は全機失い、残った者は内地へ引き揚げて新しい部隊を編成するそうだ、という噂が聞かれた頃、私は少し離れた場所に小橋兵長の部隊がいるという話を聞いた。天の配慮か、幸運な巡り合わせである。私はさっそくトランクを届けに行くことにした。このとき独りで行ったか、誰かと行ったか、その点の記憶が曖昧《あいまい》である。小山上等兵には申し訳ないが、その頃の小山上等兵の姿が思い出せない。

ジャングルを切り開いた道のふちであてもなく待っていると、どこかのトラックが通りかかる。それに乗せてもらう。そんな方法でしか遠くへは行けなかった。運よく来たトラックに便乗して、その部隊の前で降ろしてもらい、小橋兵長を訪ねて、私は長い間預かっていたトランクを無事、渡すことができた。

お礼になにか貰ったが、なんだったかは忘れてしまった。小橋兵長の所属する部隊がなにをしている部隊なのか、訊くのも忘れてしまつた。私はただただ任務が終わったことに安堵していたのである。

その日別れたきり、小橋兵長には会っていないし、かれが日本へ帰還できたかも知らなかった。ところが昨年の春、現在も交際をしているたった一人の戦友である滝沢君からの手紙で、小橋兵長の消息が判った。

三十五飛行場大隊に所属していた兵隊の「十四年兵の会」というのがあるそうで、滝沢君はそれに出席させてもらったとのことだった。そのときの記念写真を送ってくれた。その中に小橋兵長が写っていたのである。老けてはいるが、顔の輪郭と笑顔からすぐその人と判った。

滝沢君の注記があった。名前の次に「エンジンに精通」と書いてあった。滝沢君は一小隊で一中隊の協力だったが、小橋兵長のことはよく知っていたと見える。

あのトランクも一緒に日本へ帰ったか、それは知らない。

森君のこと

セラム島のアマハイで、三十五飛行場大隊から七十五戦隊に転属したとき、同年兵の森真喜上等兵と一緒になった。彼は別の飛行場大隊から転属してきたのだが、その部隊名は忘れてしまった。彼はセラム島へ到着する前、輸送船が沈められて一日泳いだとの話だった。その頃は泳いだ経験を持つ者は珍しくなかった。

森君が北海道の琴似町というところの出身だということは覚えているが、現在もそのままの町名なのか、どの辺りにあるのかは知らない。入隊する前、彼は東京の工場で旋盤工として働いていたという。

アマハイでHがプロペラに撥《は》ねられて死んだとき、翼の下をくぐって危うく難を逃れたのが森君である。Hの犠牲でわれわれは命拾いした仲、と言えないこともない。

本隊がフィリッピンへ移動して、四十名ほどがセレベスへ取り残されたが、私と森君もその中にいた。本隊は命がけの戦争をしていて、私たちは遊んでいた。

　正月にほかの部隊と合同演芸大会をやることになり、島根県出身の田村という同年兵が安来節を踊ることになった。彼は入隊前にその踊りの会に入っていたとかで、上手だった。田村君は主役の道化をやり、脇役の女踊りに私を指名してきた。私が絶対に！　と断ったのでその役が森君に回った。彼は臑毛《すねげ》を剃り、赤い着物に手拭いを姉さん被りにしてなよなよと踊ったが、練習の成果があって好評だった。

　敗戦後、抑留生活から解放されて、ジャワ島からシンガポールの近くのガラム島に移ったときも、私と森君は一緒だった。そこで迎えの船を待っていた。最後の船が入港したが、森君は乗船することができなかった。数十名の者が作業隊として、シンガポールに残されてしまったのである。その人選の根拠は、故郷が戦災に遭っていないことという話を聞いた。後ろ髪を引かれる思いで私は船に乗った。

　半年以上経ってからだと思うが、森君から、やっと復員できたという便りがあった。本当にご苦労なことだった。その後、彼は上京して、工場で働いているのが判った。その工場がどこだったか覚えていない。大森あたりだった気がするが、そうでない気もする。

　私は東京の地理が判らないので、下の姉に案内してもらって森君を訪ねた。彼は鉄工所で作業中だった。手を拭きふき出てきて、近くの食堂に案内した。そこで氷水を飲みながら話をしたが、なにを話したか覚えていない。森君は手に職を持ち、わりと早く東京で安定した生活に入れた。そのためか、結婚もまた順調に出来たようである。

一方、私は故郷を出てから転々と住所を変え、そのたびに生活が下がり、とうとう高輪の叔母の家に転げ込んだ。その頃、森君は浦和市のアパートに住んでおり、奥さんはお産のため実家へ帰っているとのことで、一日私は訪ねることにした。日曜日だったたと思う。私は森君の住所を諳《そら》んじていたので、順調にその地に着いたが、目指すアパートが見つからなかった。訊ね歩いた末、私は諦《あきら》めて高輪へ帰った。正午を過ぎていた。念のため控えを見たら、私は町目を間違えて覚えていたのだった。すぐ電車に乗って浦和市へ向かった。アパートは簡単に見つかったが、森君は不在だった。隣の人が教えてくれた。

「午前中はずっといましたよ。出たり入ったりして、まるで誰かを待っているようでしたが、一時頃、出かけたようです。映画にでも行ったんじゃないですかね」

森君には、まったくすまないことをした。私自身としてもせっかくの機会を逃してしまって、無念だった。自分を責めながら私は高輪へ帰った。私は言い訳の手紙を書き、間もなく叔母の家も出た。

私の手許に、森君が送ってきた一枚の写真が残っている。垢抜《あかぬ》けした奥さんと、太った女の子の赤ん坊と三人で写した写真である。彼は和服を着て、一家の主人という風格があった。

私は一度過去と決別するつもりで、日記や住所録、書簡などすべて焼いてしまったので、今となっては連絡のつけようもない人が何人もいる。その中でも、森君はもっとも会いたいうちの一人である。

信州の戦友

同年兵に長野県人が三人いた。滝沢、西川、倉升で、滝沢今朝夫君とは今も親交があるが、あとの二人は消息を知らない。三人とも朴訥《ぼくとつ》な人柄で、そのため私は長野県人にずっと好意を持っている。

何度も言ったが、飛行部隊では戦友といえども、終始行動を共にすることはない。その中で滝沢君は、通算すると、もっとも長い間一緒に行動した仲である。

滝沢君とは同じ教育隊で、同じ中隊だったが、班が違ったので面識はなかった。第三十五飛行場大隊へ転属して、バンドンで初めて一緒になった。初年兵教育を終わって各小隊に配属されたとき、滝沢君は一小隊、私は三小隊だったから、ときおり顔を見るぐらいの関係だった。

バンドンからマランへ移動するとすぐ、滝沢君は先遣隊としてチモール島のクーパンへ送られたらしい。わたしはマランで正月を過ごし、それから同じ島のラウテンに前進した。そこでクーパンの先遣隊と落ち合った。

三月一日付けで、滝沢君も私も上等兵に進級した。第一選抜ということで、成績のよい者がなるのである。私は人に勝れた点はないが小心翼々、ただ真面目に勤めたので、それを良しとされたのであろう。ありがた迷惑な気分だった。一等兵の方が気楽でいい。

軍隊では、序列ということがやかましい。兵隊は絶えずこれを気にしていなければならない。二人以上の兵隊が集まったら、序列の上な者は誰か？　と素速く確かめる必要がある。

階級が違えば問題はないが、同じ階級だと困ることがある。進級の日時が判れば当然、早い者が上になるが、同時だったらどうするか？　この場合は命令簿に記載された順序によって決まるのである。そして、一番上の者がその集団を指揮することになる。

私たち十六年の前期兵は数が多かったので、進級者も多かった。命令簿に書かれた順番は滝沢君が六番で、私は七番目だった。すなわち一番違いといえども、滝沢君は私にとって先任者となったわけである。そこで私は大いに得をした。

作業隊集合！　と号令がかかって兵隊が二列横隊に並ぶと、私は素速く滝沢君の後ろについた。右の方から、「ここまではA作業、ここまではB作業」といった具合に割り当てられると、私の作業班にはかならず滝沢君がいることになる。毎回ではないにしても、滝沢君は先任者として、指揮したり、報告したりしなければならない。私は絶対にそれがないわけだ。それだけ気楽だった。

ラウテンに八ヶ月ほどいて、私はマランへ帰った。滝沢君も同じ船だった。マランにいたのは二ヶ月余りで、セラム島のアマハイに前進した。そこで第七十五戦隊に転属になったわけだが、滝沢君は一班に、私は三班だった。

アマハイの作戦を終わって、戦隊は順次、セレベス島へ引き上げたが、私は後の方になった。そのとき飛行機の後部座席で「寒いなあ」と言い合って、荷物の蚊帳を体に巻いた仲間が滝沢君のように思っていたが、彼はそれより先、本隊がアンベシアに移ったのと一緒にアンベシアに行っていたと言うから、私の記憶は曖昧なものである。本隊がフィリッピンに進出した後、滝沢君ら置き去りにされた者が、私たちと合流したのだった。

私たちの住んでいたのは、海岸の椰子林の中だった。付近には原住民の家もなかった。兵隊が四十名ほどに、年次の浅い下士官が一名で、仕事がないから毎日遊んでいた。椰子の木にネットを張ってバレーボールをしたが、そのときは九人制で、私などしたことがないから、穴、穴と馬鹿にされていた。滝沢君も似たり寄ったりで、あまりスマートでない姿が目に焼き付いている。

器用な者がいて、マージャン牌《パイ》、花札、将棋、碁などを作って遊んだが、「おれが十二色の色エンピツを持っていたから、それを提供したんだ」と、あとで滝沢君から聞いた。

彼は物持ちだった、というより物を大事にした。彼は安全剃刀《かみそり》を持っていたが、同時にその刃を研《と》ぐ特殊な砥石を持っていた。一枚の刃をいつまでも使うことができた。私をはじめ、その世話になった者は多い。

フィリッピンから内地へ還った本隊を追って、私たちは命がけでジャワまで辿り着いたがそこまでで、終戦三ヶ月前の五月、バラバラに転属させられてしまった。そのとき滝沢君と別れた。彼は「野戦航空修理廠」という部隊へ転属したと聞いたが、私は部隊名すら正確に記憶していない。

私は敗戦後十ヶ月ほどインドネシアに抑留されていたが、解放されて英軍の管轄下に入り、シンガポールの先にある「ガラム島」に収容された。そこで帰還の船を待った。先に住みついて還って行った人が造った掘建小屋が並んでいて、そこで暮らした。

ときおり、夜間揚陸作業に駆り出されたが、丘の上の英人宿舎には明るく電燈が灯《とも》って、藤山一郎氏の鳴らすアコーデオンの音が聞こえた。藤山氏は慰問旅行中に終戦になってしまい、抑留されたが、兵隊とは別格の扱いであった。

シンガポールの先には小さな島がいくつもある。「向こうの島に滝沢の部隊がいる」と誰かに教わって懐かしく思った。便りをするにも便がなく、書くエンピツも紙も持っていなかった。

やがて帰還の船が入った。七月の末のことである。乗船するのは待っていた順番だった。

船は二隻入り、一隻は航空母艦の改造で、内地に一週間で着くとのことだった。早くから待っていた滝沢君はそれに乗り、藤山一郎氏も乗った。もう一隻はオンボロの貨物船で、私たちはそちらに乗り、三週間かかって大竹港に着いた。シンガポールに残る若干の作業隊員を除くと、私たちの船が最後の引揚げ船だと聞いた。

復員した当時は文通する戦友が数人いたが、次第に減って、とうとう滝沢君一人になってしまった。これはすべて私のせいである。生活のために私は転々と住所を変え、貧しさを恥じて便りを出さなかった。友情というのもまた貧富に左右されるものである。例えば同窓会をやっても、何人かは欠席する者がいる。その人たちは大抵いい暮らしをしていない場合が多い。

滝沢君との文通が続いたのは、彼が農家の長男で、ずっと住所が変わらなかったという点もある。いつでも彼はそこにいることが判っていたから、何年か過ぎて手紙を送ってもかならず彼の手に届くことになる。そういう安心があった。また彼はまめに手紙をくれた。言っては悪いが、彼は字が下手である。下手な人から手紙を貰うと、ありがたさが倍になる。

私は知らなかったが、七十五戦隊会という会が出来て、一応入会した方がいいからと、入会費を払って名簿に私の名を載せてくれたのも滝沢君だった。それから恩給のことに関しても、無知な私をいろいろと指導してくれたのも滝沢君だった。彼にはずいぶんと世話になった。

四十歳過ぎても私は独身だった。安定した生活が得られなかったからである。私は独りで山歩きすることを覚えた。冒険心はないから、遠くない地域の安全な低山歩きである。尾瀬へは一番多く通った。その期間がだいぶあって、「一度アルプスへ行ってみよう」と思うようになった。

白馬岳へ行くことにした。白馬岳は小学校の読本で「白馬岳へ登ったおじさんから聞いた話」で習ったことを覚えていた。そのときは代馬岳だったような気がするが、詮索はしないことにする。

「滝沢君を訪ねてみよう」と思った。そしたら信州行きの決心がついた。滝沢君の住所は小県郡川辺村下之条というところだったが、合併されて上田市になっていた。

新宿駅を夜行で発《た》って、翌朝、白馬駅に着き、大雪渓から白馬岳に登り、頂上の小屋に一泊して、翌日は松本まで下って駅前の旅館に泊まった。その翌日、美しが原を横断してバスで上田駅に着き、タクシーで下之条の公会堂まで行き、親切なお婆さんに連れられて滝沢君の家に行った。

昭和二十年の五月、ジャワで別れてから二十七年振りの再会だった。彼はすでに家庭を持ち、農家の主だった。老いた母親と、奥さんと、娘二人の五人家族だった。上の娘さんは短大を卒《お》えて勤めに出ていた。その一家の歓待を受けた。滝沢君が真新しい下着を出してきて、風呂へ入って着替えるように言った。私はザックの中に替え下着を持っていたが、その言葉に従った。

「夕食は、信州では飯と麺が同じ比重をもっているのか」と滝沢君に訊かれた。

「あ、飯がいいか、麺《めん》がいいか？」と私は知った。

「麺がいい」と私は答えた。私は簡単に答えたが、それは事情を知らないからだった。私の言葉に従って、腰の曲がった彼のお母さんがうどんを打ち始めた。麺を馳走《ちそう》するとはそういうことだった。私の地方には自家で麺を打つという風習がない。買ってきた乾麺をただ茹《ゆ》でるだけである。

話は尽きなかった。滝沢君が中座したとき娘さんが二人寄ってきて、「父はどういう人間でしたか」と訊ねた。

「朴訥《ぼくとつ》で、真面目で、みんなから『お滝、お滝』と好かれていたよ。ぼくは特別世話になっちゃって」と、私は自分がずるく立ち回ったことなども話した。

その夜食べたうどんの美味さは、いまも忘れない。

「また、お婆さんのうどんを御馳走になりに行きます」

と何度も手紙に書いたが、私の腰が重かったので、実現しないうちにお婆さんには亡くなられてしまった。

翌朝、滝沢君が畠へ案内してくれた。養蚕《ようさん》が駄目になり、桑畑が葡萄畠《ぶどうばたけ》になっていた。いま試作中だと言った。一房採《と》ってくれたが、まだ熟していなかった。百姓も大変だなあ、と思った。畠の先の土手に上がると、千曲川が流れていた。

朝飯後、私は滝沢君に送られて、下之条バス停からバスに乗った。この旅行は、私の生涯の中でももっとも思い出の深いものである。

それから十年たった昭和五十七年の春、滝沢君から連絡があって、千葉市へ行く用事ができたので、時間を都合して伺いたいとのことだった。私の心は躍った。

その日はいまも覚えている。五月三日だった。打ち合わせた時間、私は木更津駅に滝沢君を迎えた。私の運転する軽乗用車で港へ出て、中之島大橋をバックに記念写真を撮った。太田山公園へ登って、市街全景を見てもらってから、私の家へ行った。当時、私も結婚して客を迎える家があったのでよかった。小学生の息子がお小遣いを頂いた。

話は溢れるほどあった。次第に声高になるのも気づかず、私たちは喋《しゃべ》り続けた。そんな話し方は、たまに会った戦友だからできることだった。

残念なことは、滝沢君が泊まってゆけないことだった。時間はたちまち尽きて、私は彼を木更津駅まで送って行かなければならなくなった。

「また信州へ来いよ」

「うん、かならず行くからな」

と約束して別れた。

それからもう二十年近く経つのに、私は約束を果たしていない。

蛸のごとく

大根畑からの報告も、ほぼ出尽くしたようだ。時間をかけて無理に掘り返しても、出てくるのはミミズぐらいのものであろう。そう思って結びの言葉を考えていたが、どうも気になっていけないことがある。それは「ただの兵隊」には似合わないからこのことは書くまい、と決めていたことが、頭の中から消えてくれないのである。一章書き終わってホッとするたびに、おれはまだかと顔を出した。おまえは書かないのだ、と言ってやると、そうかいと引っ込む。別の日にまた顔を出したりして、うるさくていけない。

思えば、私も間もなく死ぬ身であるから、最後に蛸が墨を吐いて姿をくらますように、思い切って禁じていたことを大急ぎで書いて、さよならをしようと思う。

終戦はジャワ島のマランで迎えた。なにか重大な放送があるというので、屋外に整列した。椰子の木のそばに置いた台の上のラジオを緊張して見ていた。初めに南方軍総司令官の訓示があった。それは命を賭して最後まで戦う、という激越な演説で、それはもっとも、いまさら言うまでもあるまい、と聞いていた。

そのあとで天皇陛下の放送があったらしいが、ガーガーピーピー、なにも聞こえなかった。重大な時局に当たって、国民に慰労と励ましのお言葉を賜《たまわ》ったのかな、ぐらいに思った。

しばらくしたら、日本は降伏したんではないか？　という噂が耳に入ってきた。そんな馬鹿なことがあるはずはない、と私は思った。仮にもそんなことがあるとすれば、自分は自殺するだろう。兵隊といえども軍人である。軍刀は持っていないから銃で頭をドカンと撃てばよい。ひそかにそう思った。

嘘をつくな！　と罵《のの》しられそうだが、本当のことである。そのときはどんな気持ちだったかと言うと、穏やかでいい気持ちだった。そんなに静かで平らな気持ちになったことはなかった。――これは現在に到るまで誰にも語ったことはない。口にすることではないだろう。

数日して、シンガポールへ出張していたという部隊長が帰ってきた。全員を集めていきなり詔書を奉読した。一言々々を教え込もうとするような読み方をした。――五内為ニ裂ク……とか、――堪へ難キヲ堪へ忍ヒ難キヲ忍ヒ……というお言葉はことさら胸に滲《し》みて、涙が流れた。

このことを後から考えて、私はうまく騙《だま》されたような気がしてならない。部隊長の演出が上手だったというべきか。前触れもなく詔書を奉読されたお陰で私は生命を全《まっと》うしたが、負い目を感じて後の人生を送ることとなった。


日本へ帰ったら、偉い軍人はみな立派に腹を切っている、と私は信じていた。べつに根拠があってのことではない。そんな風に学んで育っただけである。

敗戦の日から丸一年、私は乞食同然の姿で広島県の大竹港に上陸した。私は缶詰の空缶を幾つも背負っていた。「日本は物資が不足している。上陸したら波止場へ捨ててもかまわないから、資源となる物を持ち帰ってもらいたい」という隊長の話を聞いて、途中で拾い集めたのである。上陸しても私はせっかく拾った空缶を捨ててしまうのが惜しく、家まで持って帰ることにしたが、歩くたびにガラン、ガランと音をたてるのには閉口した。

噂と想像による内地の輸送事情から、私は歩いて帰る覚悟を決めていた。しかし、まったく思いがけないことに、もと海軍の兵営だった建物を出ると、そこに復員列車が私たちを待っていたのである。

驚きはそれだけではなかった。列車が途中の主要駅に停車すると、婦人会の襷《たすき》をかけた人たちが待っていて、湯茶の接待までしてくれたのだった。深夜ある駅で、栄養失調と思われるほど痩せた婦人に、「長い間、ご苦労様でした」と深々と頭をさげられ、私は返答に窮して、ポタポタ涙を落としながら逃げるようにその場を去った。

自分がなぜそんなに大事にされるのか、私には解《わか》らなかった。戦に負け、おめおめと生きて帰った兵隊を、兵隊でもないのに家を焼かれ、家族を失った国民が、深夜にまで出迎えのためホームに立っていることが、私には理解できなかった。そうされることが辛かった。国民の怨嗟《えんさ》と誹謗《ひぼう》の中を、頭を垂れて歩くのが本当のような気がした。

しかし、私には言い訳の言葉があった。「自分はただの兵隊だったのだから……」それでも戦に負けて生きて帰ったという疚《やま》しさは、消し去ることができなかった。

あれから六十年近く経って、私は情けない老人になった。昔の少年の無知な情熱はとっくに消えている。しかし、あの幼さがいまは懐かしくいとおしい。嘲《あざわら》う気にはなれない。

私の生家は貧乏百姓である。復員して間もなく、似たような境遇の近所の人たちが集まっての茶飲み話で、かつての首相東条氏の噂をしているのを、そばで聞いていた。

「——軍人だもの、切腹するのが普通だろ」

「腹ァ切れば痛いと思ったからだろ」

「ピストル使って死に損なったてえのは変だよなあ」

「皮ァ引っ張って撃ったんだっぺサ」

そこで声を揃えてアッハッハである。人は死ぬべきときに死に損なうと、悪口を言われる。

東条氏はいまは神として靖国神社に合祀《ごうし》されているのであるから、崇敬奉賛会の一会員でもある私が批判がましいことを言うのは、不敬に当たるかもしれない。それでも一言だけ言いたい。

敗戦で真っ先に腹を切るべき者は東条氏であった、といまも私は思っている。東条氏には政治家ではなく、武人としてそれに相応《ふさわ》しい最期を飾ってもらいたかった。

「生きて虜囚《りょしゅう》の辱《はずかし》めを受けることなかれ」と将兵を叱咤した本人が、戦勝国によってやくざの言いがかりのような裁判にかけられ、絞首刑にされたのであるから皮肉である。極言であるが、もしあの戦争で命令する立場にあった軍人がすべて腹を切っていたなら、戦争の思い出がもっと爽やかなものになっていただろうと、いま私は思っている。

もう少し言いたいことがあるが、うまく言えないので筆を擱《お》くことにする。日本の現在と将来について、私の気持ちは暗い。死んだ戦友とその他の人たちにはただただ済まないと思っている。無為徒食で私は長生きし過ぎた。

装幀——純谷祥一

【著者略歴】
辻田　新（つじた・あらた）
本名：山田吉三
1924年、千葉県生まれ。
高小卒、十七歳で現役志願兵として第四航空教育隊に入隊。兵科飛行兵（特業機関工手）　第三十五飛行場大隊、飛行第七十五戦に転属、南方方面転戦、46年復員、伍長。家具職人となる。
「文芸首都」会員。「日本きゃらばん」同人。著書：「辻田新作品集」「尾瀬へ」「塙木工所職人始末記」「最後の尾瀬」
住所：千葉県木更津市祇園163-41

大根畑から

2004年 9月29日　第1刷発行

著　者　辻《つじ》田《た》　新《あらた》
発行人　浜　　正　史
発行所　株式会社　元就《げんしゅう》出版社
〒171-0022　東京都豊島区南池袋4-20-9
サンロードビル2F-B
電話 03-3986-7736　FAX 03-3987-2580
振替 00120-3-31078

印刷所　株式会社　シナノ

ISBN4-86106-016-8 C0095